LES GÉANTS DE PIERRE

Annie Bruel

LES GÉANTS DE PIERRE

ÉDITIONS FRANCE LOISIRS

Édition du Club France Loisirs,
avec l'autorisation des Presses de la Cité

Éditions France Loisirs,
123, boulevard de Grenelle, Paris
www.franceloisirs.com

ISBN : 2-7441-3576-3

Et puisqu'il vous faut, Monsieur, du pain pour vous nourrir
Apprenez à respecter ceux qui le font venir.

George Sand.
Avant-propos de *François le Champi.*

A Paulette Pelassy, félibre provençale dévouée et passionnée, pour la remercier d'avoir su me communiquer sa foi.

Prologue

Dédé *Langue de pute* et Gégé *l'Andouille* étaient de bons amis.

L'hiver était doux et sec lorsqu'ils se rencontrèrent pour la première fois à la faveur d'une olivade que les parents de l'un et de l'autre firent en même temps dans leurs olivaies voisines.

André, qu'on appelait Dédé, était un beau gaillard à l'intelligence destructrice, Gédéon, qu'on appelait Gégé, un gros poupon parfaitement niais. Cet après-midi-là, après s'être observés puis affrontés corps à corps sur la terre sèche et pierreuse, ils se découvrirent tels qu'ils étaient, l'un tyran, l'autre soumis, et une singulière amitié, aussitôt, les rassembla. A l'école où ils s'assirent sur le même banc, Dédé passait son temps à tourmenter ses condisciples tandis que Gégé subissait béatement représailles et punitions.

L'école finie, Dédé, suivi de Gégé comme d'un valet, s'en allait rôder dans les ruelles encombrées et bourdonnantes qui descendent du château de Callian jusqu'à la porte Saint-Roch. Que ce soit en dévalant les escaliers qui mènent de calade en carrière ou bien en musardant de la rue de la Chapelle à la ruelle des Muets, il aimait à se frayer un passage parmi les villageois affairés afin d'effleurer leurs jupons et de frôler leurs chemises tandis que ses narines en alerte humaient, dans leur sillage, l'odeur de leur vie. D'autres fois, il s'asseyait sur une borne de pierre et ses yeux délurés allaient cueillir au loin une victime pour la déshabiller tout le long de sa pérégrination. Lorsque la malheureuse passait à sa portée, Dédé optait pour l'endroit le plus sensible et, sans attendre, il y plantait les dents.

Son arme était le verbe. D'une phrase, brève mais cruelle, il mettait au grand jour la plaie tenue secrète avant de claironner ce que devaient en être l'origine et les conséquences. La plupart du temps il tombait pile sur la douleur et c'était bien dans cette clairvoyance que résidait son talent.

Gédéon regardait son ami mettre au point sa forfaiture et s'émerveillait de la finesse de la préparation. Dès que la méchanceté était dite, il la ponctuait d'un long ricanement flatteur que son camarade aspirait avec satisfaction.

Mais ce qu'affectionnait par-dessus tout Dédé était de s'en prendre aux filles, gibier bien connu pour son courroux à fleur de peau comme pour son manque de vigueur dans la riposte. Il avait une manière en tout point admirable pour les poursuivre de ses lazzi tout le long des ruelles en pente. Ce fut d'ailleurs l'une d'entre elles qui le surnomma : *Langue de pute.*

Cependant, le forgeron, sans doute en connaissance de cause, regretta la comparaison :

— Jamais une pute n'a eu de langue aussi mauvaise que celle-là...

Une autre choisit fort à propos de comparer Gédéon à l'andouille qui pendait à un crochet du plafond de l'échoppe de son père.

Donc, par la faute de Dédé, maintes adolescentes sanglotèrent tandis que leurs mères criaient vengeance.

Aussi, quand notre gaillard atteignit l'âge des amourettes et que ses émois couvrirent sa peau de boutons, il lui fut bien difficile d'approcher un jupon. Les demoiselles, entre elles, se serraient les coudes. Si d'aventure l'une d'elles, venue d'un village voisin, semblait prête à succomber au charme du vaurien, elle était aussitôt mise en garde par un bataillon de filles en colère :

— Si tu te laisses tripoter par *Langue de pute*, nous toutes on t'accroche une tron de Dieu de honte à la culotte, qu'après ça, même les chiens te courront derrière.

Pour Gégé, la chose n'était pas bien grave. Il n'avait jamais ressenti les effets des ardeurs qui dévoraient son camarade. Ni les jambes des filles au-dessus de leurs petites socquettes, pas plus que leurs seins tremblants sous l'étoffe de leur corsage ne parvenaient à l'émouvoir. Toute la fièvre amoureuse qui consumait Dédé le laissait aussi impavide qu'un galet de torrent.

Et bien que Dédé fût destiné à hériter d'une belle ferme et bien qu'il fût un beau garçon, aucune fille, même la plus laide, même la plus pauvre, ne se résigna à l'accepter pour soupirant.

Dédé, lui, le feu au sang, avait besoin de prendre femme.

C'est alors qu'un jour de l'été 1919, on vit arriver au village un drôle de charreton. Une jeune fille coiffée d'un chapeau de paille, assise bien droite sur le banc, tenait les rênes tandis que son père menait la mule par le licol. Ils s'installèrent tranquillement sur la place de l'église tandis que le crieur public, tête renversée sur la nuque, lançait deux coups de trompette pour annoncer l'arrivée du marchand. Après avoir dételé et fait boire sa bête à la cascade de la fontaine, le père attacha celle-ci à l'ombre d'un platane puis il entra au Café du Cercle. La jeune fille, elle, avait déjà ouvert la malle en osier qui était sur le plancher de la charrette et en sortait des draps et des torchons, des pantalons pour les hommes et des tabliers pour les femmes, mais aussi toutes sortes de fichus, de belles indiennes et du linge de toilette. Aussitôt, par petits groupes, les villageoises approchèrent.

La petite marchande était toute jeune et fort avenante. Dédé, qui justement badait devant le Petit Vatel, remarqua sur-le-champ son allure gracieuse et sa mine modeste. Comme la jeune fille présentait le linge avec gentillesse, il y plongea ses mains distraites et palpa tissus et dentelles tout en regardant complaisamment la marchande. Il choisit enfin une paire de torchons à carreaux rouges et blancs qu'il paya sans marchander le moins du monde. De cette largesse, la demoiselle le remercia d'un sourire obligé. D'une phrase bien tournée, Dédé lui fit comprendre qu'il était séduit par tant de gracieuseté, enfin il s'assura que la demoiselle se troublait sous le compliment.

Alors, sans attendre, il entra au Café du Cercle.

Dédé était intelligent. Comment s'y prit-il, on l'ignore, mais quand midi sonna à l'horloge de la vieille tour, au lieu de reprendre sa route, le charreton avança lentement vers la plaine du Défens et s'arrêta devant La Sourgentine, la maison de Dédé Maurel.

A la vue de l'imposante bâtisse et des centaines d'oliviers qui l'entouraient, le visage du marchand ambulant s'éclaira. Vitourin Maurel, le père de Dédé, le fit entrer dans sa maison et les trois hommes s'assirent autour de la table tandis que la jeune fille restait modestement debout derrière la chaise de son père. Celui-ci ne chercha pas à cacher son impatience.

— Votre fils est-il votre seul enfant ? demanda-t-il quand on lui remplit son verre.

— J'ai aussi une fille, mariée à la ville. Mais c'est Dédé qui aura la ferme.

Alors, jusqu'ici circonspect, le marchand devint plus bavard. Il raconta qu'il était de Gordes dans le Vaucluse où il exerçait le métier d'étameur. Il y possédait une maison haute de trois étages – c'est-à-dire de trois pièces, une à chaque palier – et si bien esquichée entre les maisons voisines qu'elle ne risquait pas de s'écrouler avant longtemps. Il étamait les objets qu'on lui confiait dans le petit atelier du rez-de-chaussée. Enfin, et bien qu'il ne s'en occupât guère, il possédait une belle terre, à l'adret d'une colline proche de Gordes dont les quatre-vingt-cinq oliviers produisaient, bon an, mal an, pas loin de cinquante mottes. Le travail d'étameur ne rapportant plus guère, il avait choisi de faire le marchand ambulant pendant la belle saison.

— Dès que le soleil chauffe un petit peu, les femmes aiment à s'offrir un nouveau tablier. Elles badent toute la matinée devant ma marchandise et veulent toujours en avoir plus que la voisine, de sorte que les affaires vont bon train.

Il raconta enfin à quel point il aimait faire la route et dormir à la belle étoile durant l'été avant de rentrer chez lui aux premiers froids.

Vitourin fut enchanté de l'entendre parler ainsi. Il s'assura à son tour que la petite était bien la seule enfant de la famille, puis, sans attendre, il la demanda pour son fils. Le marchand ambulant ne se montra pas pressé d'accepter. Il parla longuement de sa femme à qui il faudrait bien demander son avis... Et les jeunes gens, donc, ne devaient-ils pas prendre le temps de se connaître ? Il enfilait verre sur verre en hochant pensivement la tête. Dédé, impatient, emmêlait et démêlait ses jambes sous la table et ponctuait d'un haussement d'épaules chacune des phrases du bonhomme. Le temps qui passait était si plein d'incertitude qu'il agaçait tout le monde. Alors Vitourin se leva en repoussant bruyamment sa chaise et promit, si le mariage se faisait, de donner au ménage, en plus de la ferme et des terres, une partie de ses économies. Le marchand ambulant eut un mouvement de tête dubitatif et haussa les sourcils en forme de question. Vitourin donna un chiffre. Le père de la petite s'exclama qu'il n'en croyait pas un mot. Alors Vitourin, de son seul bras valide, sortit un paquet de bons du Trésor dont l'épaisseur fit vaciller les yeux.

— Devant le notaire ?
— Devant le notaire.
— Et votre fille ?
— Elle est déjà servie.
— Alors topez là.

L'affaire conclue, le marchand ambulant et sa petite reprirent leur route. On n'avait pas entendu la voix de celle-ci. Si on lui eût demandé son avis, elle aurait avoué que n'importe quel destin lui paraissait plus souhaitable que de cheminer sur les routes et de dormir à la belle étoile à côté d'un père qu'elle devait fuir lorsque, bien saoul, il oubliait qu'elle était sa fille. Elle aurait ajouté aussi que Dédé lui semblait parfaitement bien de sa personne et que jamais elle n'avait rêvé d'une maison plus agréable que La Sourgentine.

Un mois plus tard, Vitourin, sa femme et son fils prirent le train pour s'en aller à Gordes.

Deux jours après, Dédé traversa le village avec une femme à son bras.

Dédé *Langue de pute* et la fille de Gordes allaient avoir douze enfants et je serais le neuvième.

1

J'étais trop petit quand on me raconta cette histoire. J'en ai oublié tous les détails. La seule chose qui se grava à jamais dans ma mémoire fut l'arrivée au village du charreton que conduisait ma mère. Me l'a-t-on décrite ou bien l'ai-je imaginée toute blonde sous son chapeau de paille, fièrement dressée sur le banc de bois et menant sans peine sa mule ?

Je ne sais plus. Ce que je sais, c'est que chaque fois que je l'évoque, c'est ainsi que je la vois.

Hélas, mis à part cette image que je fais à volonté apparaître dans mes rêves, je pourrais torturer durant cent ans ma mémoire, je n'aurais de souvenir véritable de ma mère que celui d'une grosse femme allant pesamment du fourneau à la table.

Ma mère n'était pas grosse de trop manger, elle était toujours grosse de l'enfant qu'elle portait. Elle en fit naître douze, même s'il n'en reste, aujourd'hui, que la moitié.

J'avais six ans à peine quand elle mourut quelques mois après avoir mis au monde la dernière : Pichounette Paulette, comme elle avait eu le temps de l'appeler.

Mon village, accroché à son rocher à flanc de colline, s'appelle Callian, mais bien peu le connaissent. La grand-route le dédaigne, bien qu'il raconte à lui seul toute l'histoire de notre Provence.

Nous vivions tout au bout d'un chemin qui serpente doucement de mamelon en mamelon pour monter encore et encore avant de parvenir aux Domaines du Défens. Là-haut, point de vallons aigus ni de hauts murs pour retenir les berges, seulement quelques larges restanques qui s'étagent d'un saut de pierres pour s'étaler paresseusement sous le soleil et sous le vent.

Ma maison, La Sourgentine, était une vieille bastide située à l'échancrure d'une forêt et sur le bord d'un paisible pré qui glissait vers le sud en lambinant. Sourgentine veut dire « petite source », comme celle justement de la grosseur d'un petit doigt qui surgissait d'entre deux pierres à quelques mètres de la maison. Olives, blé noir, fromage, lavande, tilleul et miel nous faisaient vivre. « De tout un petit peu », aimait à dire mon grand-père.

En 1937, nous n'étions plus que sept enfants vivants et j'étais l'avant-dernier. Après la disparition de ma grand-mère suivie de près par celle de ma mère, n'étaient restés à La Sourgentine que les hommes et les enfants.

On pouvait faire mille reproches à mon père sauf celui d'être un fainéant. Il cultivait sa terre en déployant une énergie considérable et se nourrissait de travail comme d'autres se nourrissent de pain. Il lui fallait être repu pour accepter d'en finir et il ne se rassasiait jamais avant que la nuit tombe. Aussi notre campagne avait la réputation d'être la plus belle et la mieux tenue du canton.

Depuis son veuvage, mon père ne nous témoignait plus aucun intérêt. Son regard glissait sur nos visages sans s'y arrêter comme s'il regrettait de nous voir encore vivants alors que notre mère n'était plus là. Le dimanche, bien avant que l'aurore n'apparaisse, il chargeait nos produits sur sa charrette pour aller les vendre sur le marché de Grasse. Quand sonnait midi et que les commères disparaissaient dans la fraîcheur des maisons, il partait à travers la ville jusqu'à des endroits secrets dont il ne revenait qu'à la nuit noire. Comme trente années auparavant, il cherchait à se remarier mais n'y parvenait pas. A présent, les filles préféraient s'établir à la ville et les femmes disaient :

— Jamais je n'entrerai dans une maison où il y a déjà deux hommes et sept enfants.

Un jour, j'avais entendu l'une d'entre elles plaisanter ainsi :

— Le Dédé, en plus de sa langue de pute, il a une quéquette de lapin.

Le bruit courait encore qu'il avait fait crever sa première femme à force de trop de travail, de chagrin et d'enfants...

Mon grand-père Vitourin, que nous appelions Pépé, dirigeait la maison et veillait sur la marmaille. Lorsqu'en 1916, il avait été envoyé à Verdun, il avait déjà quarante ans. Alors que tant de paysans y moururent, lui en était revenu vivant. Vivant mais manchot et le corps truffé d'éclats de métal qu'il nous faisait sentir du bout du doigt à travers la peau de sa jambe. Vivant mais incapable de mener la charrue, avec seulement la force de regarder son fils le faire à sa place.

C'était un homme haut comme un if et sombre comme son feuillage. Depuis son retour du Chemin des Dames, il vivait hanté par des souvenirs dont il ne parlait jamais. Aucune souffrance ne pouvait lui paraître plus terrible que celle qu'il avait connue là-bas, disait-il seulement. Il n'avait plus une once de bonté, plus un geste de clémence.

Pour nous faire obéir, il n'élevait pas la voix, il levait seulement la main, son unique main, qui retombait sur nos crânes sans qu'aucun frein de compassion ne la retienne. Aussi n'avait-il qu'à dire les choses pour que nous obéissions. La rébellion sous aucune forme n'avait de place dans notre maison. Pas la moindre contestation, encore moins la plus innocente requête. Pas un soupçon d'échanges n'agrémentait nos repas. A l'âge où les autres enfants apprenaient à parler, nous, nous apprenions à nous taire.

Pépé Vitourin avait un emploi du temps immuable qui le faisait se retrouver à la même place, occupé aux mêmes choses à chaque heure de chaque saison. Le jour, il gardait nos chèvres sur les belles restanques de Gédéon, le soir, il confectionnait le fromage. Entre-temps, il nous mettait au travail : aux cueillettes, au jardin, aux bêtes, partout où il y avait de l'ouvrage...

Lassé par les protestations de nos maîtres qui s'insurgeaient de ne jamais nous voir sur nos bancs, mon grand-père avait mis au point une méthode propre à leur faire la nique tout en leur faisant prendre patience. Chaque matin, selon le travail qu'il y avait à faire, il autorisait deux ou trois d'entre nous à prendre le chemin de l'école. C'est ainsi qu'à tour de rôle, nous apprenions des leçons éparpillées que nous ne récitions jamais à personne.

Son travail enfin fini, Pépé Vitourin s'asseyait sur le banc de pierre qui longeait la maison. Il relevait plus haut sa casquette, allumait une pipe crochue qui disparaissait dans le creux de sa main puis il s'amusait à nous faire passer des examens. Chacun à notre tour, filles ou garçons, nous recevions des ordres auxquels nous obéissions. Une moue énigmatique au coin des lèvres, il réfléchissait en nous regardant faire.

Quelque temps après, entre deux cuillerées de soupe, il annonçait à mon père :

— Celui-là fera le facteur.

Le lendemain de l'enterrement de ma mère, ce fut ma sœur aînée qui fut mise à l'épreuve. Dans l'obscur et regrettable état d'aliénation dans lequel nous nous trouvions, nous observâmes tout de même qu'il eut, en cette occasion, une idée derrière la tête. Il ne proposa à la pauvrette que des tâches ménagères, que celle-ci effectua avec une volonté évidente de bien faire. A l'issue de quoi, il décida :

— Celle-ci fera la bonne chez les bourgeois.

Ce qui lui permit, en attendant, d'en faire notre bonne à tout faire.

Ce fut Pascal, mon frère aîné, qui fut jugé apte à faire le paysan. Cela voulait dire que lui seul hériterait de la terre. Depuis la nuit des temps, dans notre famille, on ne découpait pas les champs en lambeaux. Un seul les recueillait et les autres devaient aller voir ailleurs. En prenant en charge La Sourgentine, mon frère aîné s'engageait aussi à prendre soin des parents jusqu'à ce que la mort les enterre.

Vint alors mon tour. J'avais onze ans. La sentence de Pépé Vitourin tomba aussi fermement que la hache d'un jeune bûcheron :

— Dieudonné fera l'instituteur.

Je levai la tête de mon assiette et regardai mes frères. Comme moi, ils étaient ébahis. J'eus une moue pleine de suffisance. Mon père ne murmura point, sa cuillère n'eut pas même un frisson. Dans le silence retombé et jusqu'à la fin du repas, mes frères me firent des grimaces auxquelles je répondis en leur tirant la langue.

On venait de décider de mon destin et je réagissais comme à une bonne blague. Comme à l'ordinaire, je me contentais de l'apparence des choses. Le métier d'instituteur était le plus flatteur de ceux auxquels nous pouvions prétendre, me comblait donc l'illusoire preuve de déférence qui m'était faite et je redoublai de pitreries et de mines prétentieuses tant et si bien que mon père surprit mon manège :

— Fais le fier, va, instituteur ou pas, tu ne seras jamais qu'un grand couillon.

Je plongeai le nez dans mon assiette mais mon

dépit ne dura point. Dès la fin du repas et jusqu'à la fin du jour, devant mes frères, je continuai à faire le fanfaron.

A aucun moment je ne me souciai de savoir si d'apprendre aux enfants était ma vocation. Ni même si j'en serais capable. J'acceptais le verdict de Pépé Vitourin comme on accepte l'orage, comme on se soumet au destin.

Longtemps après, je me demande encore ce qui avait amené mon grand-père à prendre cette décision. Autant qu'il m'en souvienne, à l'école, j'étais un élève ordinaire que rien, sinon ses nombreuses absences, ne distinguait des autres enfants. Par contre, devant lui, j'avais pioché la terre avec passion, fendu des bûches d'un seul élan, réparé la brouette, estourbi deux lapins sans aucun émoi. Il savait aussi que je gardais volontiers le troupeau et qu'à cette occasion, sans qu'on me l'imposât, je réparais habilement les murets de pierre.

Hélas, comme pour mes frères et sœurs, la chose avait été décidée bien avant. Sans doute depuis qu'il m'observait, après souper, confectionner un herbier de fortune entre les pages d'un vieux catalogue de la manufacture de Saint-Etienne. A la lueur de la lampe fumante, je collais les fleurs en caressant leurs feuilles. Pépé n'y avait vu que les pages de papier que je tournais indéfiniment alors que moi, je me régalais de la beauté des plantes.

Mais ces preuves évidentes de mon attachement à la terre ne prirent leur signification que beaucoup plus tard. A l'instant où, par la décision du Pépé, mon destin bascula, je n'en eus pas conscience. Je vivais dans un tel climat de soumission, de solitude et de silence, que j'étais incapable de me projeter au-delà de deux pas. Seul importait l'immédiat. Pour voir clair en moi, il eût fallu peut-être qu'on en parlât, mais jamais l'idée d'interroger mon grand-père ne m'effleura.

Durant de longs mois, tel le grand couillon dont parlait mon père, je ricanai bêtement pour répondre aux moqueries jalouses de mes frères. Je mimais à leurs dépens l'autorité et la sévérité du maître et recevais en réponse quelques méchants coups de pied au fondement.

Dès lors, je bénéficiai de l'obligation d'aller à l'école et de la permission de faire mes devoirs au lieu de faire de l'herbe pour les lapins. Seuls le futur facteur et moi avions le droit de mépriser la terre.

Dès que je fus un élève assidu, je devins un bon élève. J'étais doté d'une mémoire remarquable qui me permit de combler rapidement le retard que j'avais accumulé depuis l'âge de six ans. Ensuite, il fut intéressant de constater à quel point je brillais dès qu'il s'agissait d'expliquer ou de comprendre les choses... à l'unique mais essentielle condition :

qu'elles ne me concernassent en aucune façon. Plus les choses qu'on m'enseignait étaient lointaines et abstraites, plus je m'y intéressais. Comparer la production du blé russe à celle du riz chinois me ravit aussi bien que les calculs afférents au carré de l'hypoténuse. Par contre, je restais muet si l'on me demandait d'exposer mon propre sentiment.

Mon maître me considéra vite comme un bon élève alors que ceux qui m'entouraient me regardaient toujours comme un grand couillon. Est-ce là le mystère de l'école qui ne prend en compte que le pouvoir de résoudre les énigmes mathématiques sans se soucier de celui que l'on a pour résoudre ses propres équations ?

Les compliments de mon maître confortèrent mon père dans ses convictions.

— Le Justin a toujours été un âne. Je le sais, il était à l'école avec moi. Pas étonnant qu'il te trouve intelligent si c'est sa pauvre cervelle qui le dit.

Comme pour donner raison à mon père, je continuai à grandir en taille jusqu'à dominer d'une tête tous mes camarades. Ma carcasse ne s'en tenait pas là et prenait de l'ampleur en tous sens. Grand couillon sûrement mais, sans que je m'en doute un seul instant, je devins aussi un superbe gaillard.

2

Nonobstant mes fanfaronnades, mes succès et mes privilèges, plus approchait l'heure de quitter La Sourgentine pour rentrer comme pensionnaire au lycée de Draguignan, plus je dépérissais secrètement.

L'été qui précéda mon départ, j'avais alors quatorze ans, fut une descente aux enfers. Pour qu'on ne vît pas couler mes larmes sur mes joues duveteuses et salies de boutons, je pleurais la nuit. Je me réveillais nauséeux, cafardeux, plein d'une rancœur sans réel objet puisque ma détresse n'avait pas de comptable, la loi de Pépé Vitourin étant tout aussi implacable que la loi des cieux. Que ce soit dans mon lit ou sur les murets de pierre où je m'asseyais parfois, je passais des heures à rêvasser d'étranges rêves où se mêlaient chimères et fantasmes auxquels je n'essayais pas de donner l'ombre d'une interprétation.

Avec le recul que laisse le temps aux yeux pour voir, quand il m'arrive d'évoquer ces instants qui jamais ne s'effacèrent de ma mémoire, je réalise que mon corps luttait contre un destin qui ne lui convenait pas tandis que mon esprit confus, étouffé sous trop de silence et de secrets émois, continuait à n'y rien comprendre.

La peur seule émergeait de ma conscience. J'étais terrorisé à l'idée de devoir quitter notre cuisine, mon repaire ; ma chambre, mon terrier ; et plus encore mon territoire qu'étaient nos restanques pleines de blé. Jamais je ne fus capable de murmurer, ne serait-ce qu'en secret à ma petite sœur, que je ne voulais pas quitter La Sourgentine. Pas plus je n'étais capable de m'avouer que je ne voulais pas être instituteur.

Tel le myope, je ne voyais clairement que le proche, l'immédiat. Le voyage, le dépaysement, la ville et ses guets-apens. Malgré ma haute taille et ma barbe naissante, je n'étais qu'un enfant qui aurait aimé, pour ne pas partir, s'agripper aux jupes de sa mère. Je tremblais à l'idée de quitter mon cocon, bien peu douillet cependant, aucunement affectueux, mais bien à moi.

Avec le recul que laisse le temps à l'esprit pour comprendre, je puis affirmer qu'en ce temps-là, je parcourais la vie comme un projectile sur sa trajectoire. Je n'avais conscience ni de mon être ni de mon pouvoir. Les interrogations qui auraient dû naître de mes afflictions ne montaient jamais jusqu'à mon cerveau pour y trouver leur formulation, elles se diluaient en cours de route. Mes réponses étaient donc toujours instinctives, ou bien, le plus souvent, conformes à ce que l'on attendait de moi.

Conformément au vœu de Pépé Vitourin, je partis pour le lycée de Draguignan.

Et la vie, mon adolescence s'écoula.

Le dimanche, je revenais avec délice au pays de mon enfance sans jamais me demander ce qui me procurait cette joie. Etait-ce le besoin de me remettre sous l'autorité despotique de mon grand-père ou le besoin de respirer l'air et le parfum de ma terre, l'odeur si parfaite des sous-bois ?

Ce fut à cette époque que, pour tromper mon désœuvrement, j'entrepris de restaurer un vieux cochonnier, une construction basse et rudimentaire dont il ne restait plus qu'un amoncellement de tuiles et de pierres. Je me lançai dans sa réfection comme on rentre en ermitage, avec un besoin absolu de solitude et de contemplation. Le plaisir immense que j'éprouvais à laisser mes mains soupeser les pierres et à leur donner la meilleure place dans ma composition architecturale, si élémentaire fût-elle, aurait dû me rendre perplexe ; il n'en fut rien. De revenir chez moi chaque dimanche était bien suffisant pour apaiser ma peine. J'attendais je ne savais quoi.

Je le sais maintenant, j'attendais de naître.

En 1944, nous apprîmes que la maison du marchand ambulant avait été détruite par l'armée allemande en déroute et que l'étameur et sa femme avaient été engloutis sous les décombres. Nous héritions donc de la terre de Gordes que nous ne connaissions même pas.

La même année, mon frère Pascal, celui qui avait été choisi pour reprendre La Sourgentine, mourut d'épuisement dans un camp de Silésie. Désorienté par cette défection qu'il n'avait pas prévue, Pépé Vitourin s'empressa de découvrir parmi nous celui qui pourrait encore faire le paysan. Il regarda par-dessus ma tête et choisit Abel dont il voulait cependant, deux ans auparavant, faire un fonctionnaire des douanes.

Ma petite sœur, Pichounette Paulette, elle, avait été placée chez une nourrice dès le lendemain de la mort de notre mère. Ainsi avait-elle pu grandir loin de l'autorité froide du Pépé et des remarques perfides du père. Ainsi avait-elle appris à jacasser et à rire avec sa nourrice, brave femme, bavarde entre toutes et gaie comme un pinson. Pauvrette, quand elle revint à La Sourgentine, elle bascula dans un autre monde. Personne ne soupçonna sa détresse et personne ne l'en consola. Nul n'écouta plus ses chagrins et ses babillages d'enfant. Nous, ses aînés, nullement solidaires et incapables d'imaginer les gestes tendres que nous ne connaissions pas, nous la laissâmes se débrouiller seule à notre traîne. Mais Paulette, douée d'un fort tempérament, apprit très vite à faire comme tout le monde. Comme nous, elle se tut et évita de stationner sur le chemin des hommes. Des multiples cachettes où elle se dissimulait, elle observait les habitants. Elle me dit un jour, en conclusion de ses observations :

— Je t'aime bien. Toi au moins, tu n'es pas méchant.

Quand ma sœur aînée se maria et que Paulette dut prendre en main la maison, elle avait à peine treize ans. Nous la découvrîmes ce jour-là. Au lieu de fléchir l'échine sous la tâche, les yeux résignés et la soumission au front, elle s'imposa d'emblée à coups de bonnes soupes et de linge blanc. A grands coups de gueule aussi qui faisaient marcher droit les hommes, il est vrai vieillissants. Si ma sœur aînée avait été l'esclave des lieux, celle-ci, faite d'une autre substance, en devint rapidement la maîtresse. Pichounette Paulette avait un sale caractère et le faisait entendre.

Quand, à son tour, Abel prit femme et que celle-ci entreprit de gouverner La Sourgentine, mon grand-père, toujours fasciné par les privilèges dont bénéficiaient, à ses yeux, les fonctionnaires, choisit pour Paulette le destin de postière. Il n'avait pas fini sa phrase que ma petite sœur s'écria :

— Jamais de la vie je ne me laisserai mettre en cage derrière un grillage. Je ne suis pas une poule et la ville m'escagasse.

Unique et terrible rébellion qui laissa notre tablée dominicale muette d'émotion. Mon père et mon grand-père arrêtèrent aussitôt le va-et-vient de leur cuillère tandis que nous autres, pauvres lâches, nous pensions que les anciens ne se laisseraient pas faire. La tête dans les épaules, nous attendîmes la terrible riposte avec un rien de commisération. Nous nous trompions. Le va-et-vient des cuillères reprit plan-plan. Paulette, la tête haute, débarrassa la soupière. N'était pas né encore celui qui lui dicterait sa loi.

Moi, je l'admirais de toutes mes forces.

Les années qui m'amenèrent jusqu'à mes vingt ans furent aussi monotones, plates et machinales les unes que les autres. Je faisais exactement ce que l'on attendait de moi. Et tant pis pour mes rêves somnambulesques, je m'apprêtais à enseigner aux enfants.

J'étais encore recroquevillé dans un bain tiède dans lequel je flottais, à mille lieues de la conscience. J'allais me réveiller peu à peu, naître enfin, au prix de convulsions et d'extases dont l'évolution irrévocable m'assura que rien ne pouvait être dû au hasard, que tout était écrit quelque part.

3

Quand j'essaie d'identifier les indices qui présagèrent à mon expulsion du ventre des ténèbres, je crois qu'il me faut encore parler de Gédéon.

Quand, en 1919, mon père s'était marié sans crier gare, Gédéon s'était retrouvé à ce point solitaire qu'il s'invitait sans cesse à notre table.

La propriété de Gédéon s'étalait tout à côté de la nôtre. C'était une terre superbe, bien que la roche affleurât de toute part, mais sur laquelle hélas, il n'y avait pas le moindre cabanon sinon une jolie cabane de berger plantée sur la plus haute berge. Gédéon qui venait parfois égratigner la terre au-dessous de ses arbres se plaignait de devoir s'en retourner chaque soir au village. Un jour, il décida de construire sa propre maison et parla de ce projet à mon père :

— Je ne peux pas te faire voir mes plans, pauvre, attendu que je n'ai pas de papier ni de crayon, je les ai faits dans ma tête seulement. Mais tu peux être tranquille, elle sera bien faite. Je la construirai à côté du vieux puits que je m'en vais nettoyer comme il faut et peut-être bien qu'après je ferai un bassin pour ramasser l'eau du toit. Ou bien une citerne, c'est plus moderne...

En ami fidèle, mon père accepta de lui apporter son aide. Ensemble, ils commencèrent à monter un mur de pierre au périmètre d'un carré dont les dimensions prévues sur le plan de Gédéon diminuaient au fur et à mesure que passait le temps. Gédéon, peu adroit, allait à travers la campagne pour déterrer de son pic de solides rochers – il n'en manquait pas –, puis il les ramenait sur sa brouette. Mon père, lui, les taillait et les disposait habilement.

Les murs, interrompus à l'endroit où devaient se situer porte et fenêtres, avaient fière allure et les gens qui passaient par là pouvaient imaginer sans peine la jolie bastide qui était en train de naître.

Ce travail dura un an. Un an durant lequel mon père dut négliger sa terre afin d'aider son ami Gédéon.

Ce fut, bien entendu, de la faute des femmes si cette belle aventure se termina.

Un jour, ma mère, déjà mère d'un premier enfant et enceinte du deuxième, dressée sur le pas de la porte, accueillit mon père de fort mauvaise humeur.

— Regarde un peu le blé qui cuit au soleil et que tu ne fauches encore pas, les oliviers touffus que c'en est une misère et tout le reste qui va tout de travers.

Juste derrière elle, ma grand-mère l'encourageait en lui donnant des petits coups de poing dans les côtes, puis elle prit, elle-même, la parole :

— Sans parler de ce gros balourd qui se régale de mes soupes et de mes farcis sans jamais dire amen. Ecoute-moi bien, fils. Je ne veux plus voir ce galavard à notre table, ni l'entendre roter mon vin ni cracher par terre. Une fois par-ci, par-là, je ne dis pas non. Mais plus jamais comme un taon sur le dos d'une mule. M'entendras-tu enfin ?

Mon père s'apprêtait, d'une seule phrase cinglante, à clouer le bec à ces femelles hurlantes, quand il aperçut Pépé Vitourin assis sur son banc de pierre qui, au lieu d'élever la voix, ne pipait mot, visiblement hostile et concordant. Alors mon père repoussa les femmes et entra dans la maison sans répondre.

En vérité, cette volée de bois vert qu'il recevait en pleine face arrivait bien à propos pour le tirer d'un mauvais pas. Pour tout dire, lui aussi en avait assez de perdre son temps à construire la maison de Gédéon.

Le lendemain, apparemment très ennuyé, il fit part à celui-ci des cris des femmes.

— Deux folasses, me croiras-tu, rien de plus. Et à crier plus fort l'une que l'autre. J'en ai eu les oreilles tout éclatées... Comme tu le vois, je suis bien emmerdé, vrai. Mais comprends-moi, je ne pourrai plus t'aider autant.

Gédéon, au lieu de s'étonner que deux misérables femelles parviennent à faire changer l'idée d'un tel homme, sauta sur l'occasion.

— Vaï, elles ont raison. Moi, pour ma part, j'ai assez travaillé. A pousser ma brouette tout le long de la journée, j'ai trouvé le temps long comme la mort d'un gros rat. Sans compter que j'ai le dos tout dégandillé à force de soulever les rochers.

Mon père en resta coi.

— Et puis, reprit Gédéon, figure-toi qu'il m'est venu une meilleure idée. Au lieu de monter des pierres, je m'en vais finir ma maison avec des planches et puis avec des tôles pour le toit. Un chalet, cela s'appelle. Ensuite, je la recouvrirai de branches de genêts pour lui enlever le chaud et le froid. Peut-être bien qu'aussi je la ferai plus petite... J'ai réfléchi que je n'avais pas besoin de tant de place... Sans compter qu'en m'y prenant de cette manière, d'ici que l'été vienne, ma maison sera finie et que je serai enfin chez moi.

Ce qui fut dit fut fait et si bien qu'au mois de mai, Gédéon emménagea dans sa maison.

Ce n'était pas, bien sûr, une bastide avec fénière, écurie et pièces pour les gens. Ce n'était pas, à proprement parler, un coquet chalet de montagne, ni même un cabanon sous un pimpant toit de tuiles roses. A la vérité, on ne savait pas comment appeler cette curieuse construction. Dédé, sur qui on pouvait compter pour trouver le mot plaisant, baptisa l'édifice le « poulailler de Gédéon ».

Lorsque celui-ci faisait visiter sa maison, il insistait sur la solidité de l'ensemble en faisant remarquer qu'il n'avait pas lésiné sur la longueur des clous ni sur l'épaisseur du bois de charpente pour la faire tenir droit. Le superbe embryon de mur en pierre que mon père avait bâti se trouvait maintenant à l'intérieur. Gédéon l'utilisait comme une table pour y prendre ses repas ou comme une étagère pour y déposer ses affaires. Un peu plus loin, il y avait installé son matelas et le mur inachevé était devenu un lit sur son piédestal. Un peu partout, les poules s'y perchaient et pondaient leurs œufs dans des nids de pierre.

Gédéon, qui jamais ne se maria, y vécut dix ans. L'hiver, il y dormait dans la paille en se réchauffant au souffle de sa mule et de ses chèvres. L'été, il l'abandonnait à ses bêtes et préférait déjeuner sous un tilleul et dormir dans sa petite cabane.

Lorsque Gédéon mourut d'une mauvaise chute

sur la tête, ses terres restèrent à l'abandon. Parce que aucun héritier ne se présenta pour en prendre soin, mon père prit peu à peu l'habitude de laisser sa charrue et ses outils dans la maison de son ami Gédéon. Il y abritait aussi ses bêtes prises sous l'orage, sa mule à l'occasion. Il y rangeait les olives qu'il ramassait sous les oliviers du pauvre Gédéon – c'eût été trop bête de les laisser perdre… Il cultivait aussi un peu de blé sur les berges les plus fertiles de son ancien et tant aimé compagnon…

Pépé Vitourin, lui, préférait la cabane en pierre parce qu'elle était remarquablement située, à l'adret, au plus haut de la colline et sur le passage des oiseaux voyageurs. Il aimait à s'y glisser puis à s'asseoir sur le petit banc. La cabane ne faisait pas plus de deux mètres de diamètre mais par le merveilleux enchevêtrement de ses pierres qui se rejoignaient en encorbellement, il n'y avait jamais ni trop chaud ni trop froid. De là, tout en guettant la grive, il surveillait son troupeau qui dévorait les épines des restanques de Gédéon.

Enfin, à l'automne, mon père installait ses ruches près des bruyères des restanques de son regretté compagnon. L'hiver, pour faire du bois, il éclaircissait la forêt de Gédéon. En y passant, il y ramassait les morilles et les cèpes et, après la pluie, contre les murets, des escargots bien gras.

En somme, au fil des années qui s'égrenèrent, peu à peu, la terre du pauvre Gédéon devint quasiment la sienne…

4

C'est alors qu'un beau jour de février 1950, les gens de mon village virent arriver un drôle d'équipage. Il était composé d'un charreton chargé à n'y pas croire, d'une femme qui tirait la mule à l'avant et du charretier qui poussait à l'arrière. Assise sur le banc de la charrette, une jeune fille blonde sous son chapeau de paille menait l'attelage.

J'étais là, à bader devant la fontaine, lorsque la voiture passa devant moi. Je ne remarquai pas la femme qui se démenait à l'avant ni l'homme qui s'époumonait à l'arrière. Je ne vis que la jeune fille blonde sous son chapeau de paille, assise sur le banc.

Elle était exactement comme, dans mes rêves, j'imaginais ma mère.

L'équipage s'arrêta à l'ombre des platanes, au flanc de l'église. Le charretier fit boire sa bête tandis que, sans perdre un instant, la femme échevelée, rubiconde et haletante montait en courant jusqu'à la mairie. Je me dis que ce devait être une bien vaillante femme pour montrer encore tant de courage. La petite jeune fille, elle, s'assit sagement sur le muret de pierre et contempla le magnifique panorama. C'est à peine si, une seule fois, elle tourna la tête vers moi pour me sourire timidement.

D'un sourire si doux et si modeste que je courus derrière elle quand la charrette reprit sa route et que de même, sans m'en rendre compte, je l'accompagnai tout au long de son ascension. Bien que je n'eusse nulle peine à suivre le lourd attelage, mon cœur battait sans cesse en constatant que celui-ci empruntait pas à pas le chemin qui conduisait aux Baumettes où se trouvait ma propre maison.

Au bruit des sabots de la mule sur les pierres, Pépé Vitourin sortit sur le pas de la porte et regarda passer l'équipage avec stupéfaction. Il le suivit un instant des yeux puis il se précipita jusqu'à la pointe d'une longue restanque pour l'accompagner encore. Il traversa une berge, une autre. Ils avançaient ensemble, le charreton sur la route et lui dans les champs.

Et ce fut là, dressé sur un muret, que Pépé Vitourin vit la mule s'arrêter devant la maison de Gédéon. Il vit, sidéré, le charretier se rafraîchir à l'eau du puits puis se frotter les mains et les mettre sur ses hanches. Il le vit prendre à bras-le-corps matelas et meubles et les soulever du plancher de la charrette. Il le vit dételer la bête, la faire boire, la mettre à l'ombre et s'essuyer le front. Il le vit entrer et sortir pour transporter meubles et bagages jusque dans la maison. Il attendit encore. Le charretier accepta un verre de sirop qu'il but lentement en barjaquant sans cesse. Enfin, il se fit payer, remit sa mule en place et s'en alla. Les femmes, elles, restèrent longtemps immobiles, comme pétrifiées, devant ce qu'en son temps mon père avait baptisé le « poulailler de Gédéon ».

Pépé Vitourin attendit encore. Il les vit reprendre courage et se mettre au travail. Elles mirent au-dehors la paille, les outils et les vieilles banastes. Elles balayèrent le sol, nettoyèrent les alentours, vidèrent des seaux... Elles faisaient le ménage.

Il faisait sombre déjà mais Pépé Vitourin ne se résignait pas à quitter la place sans prendre le temps d'aller demander à ces femmes ce qu'elles faisaient là. Il traversa la dernière berge et se planta droit devant la porte. Il tremblait de colère.

— Qui va là ?

La femme s'avança. Pépé la regarda durement et ne souleva pas sa casquette. Elle leva la tête vers lui, remarqua la coiffure discourtoisement vissée sur le crâne, et répondit avec un drôle d'accent :

— La propriétaire, ne vous en déplaise.

Cet accent-là, Pépé le reconnut immédiatement. C'était celui-là même qu'autrefois, lui et d'autres pauvres bougres du Chemin des Dames tentaient d'imiter dans le fond de leur tranchée quand, enfin, une trêve leur permettait de ne plus trembler, de rire parfois et de boire à plein goulot afin *de s'enlever la peur*. Et pour ce mort vivant déterré au hasard de la boue des Ardennes, c'était la pire des découvertes de toutes celles qu'il eût pu faire.

Le soir, au souper, il ne fut question que de cela. Si mon père frissonnait de colère, mon grand-père hurlait d'indignation. Pour le premier c'était comme si on lui avait volé sa terre, pour l'autre c'était comme si l'ennemi rôdait autour de sa maison. Mon père, que l'indignation mettait en verve, énuméra avec rage tout le soin qu'il avait pris, en pure perte, de la terre de Gédéon. Mon grand-père, à deux pas des sanglots, raconta un peu de toute la misère qu'il avait supportée par la faute de ces gens-là.

Car, la femme était une Boche, il n'en démordait pas...

— J'aurais eu mon fusil, je la tirais comme un faisan.

Le lendemain matin, mon père abandonna ses champs pour se rendre à la mairie où le secrétaire l'informa que la femme en question était la fille du frère de Gédéon, celui qui, jadis, était parti en Alsace en sa qualité de gendarme. Qu'elle était née là-bas bien sûr, mais qu'elle était française et, de plein droit, l'héritière de Gédéon. Elle s'appelait Marie Muller, veuve de Nicolin Muller, mort sur la ligne Maginot en janvier 1940.

Cela n'empêcha pas Pépé Vitourin de passer la bretelle de son fusil sur son épaule avant de retourner se planter devant la porte du cabanon. Il cogna une fois. C'est la petite jeune fille qui vint ouvrir. Ses cheveux étaient blancs à force d'être blonds et ses yeux clairs comme l'eau de la rivière.

— Même si la mère est française, la petite est une Boche. Elle a la même tête. J'en ai vu suffisamment de cette vermine pour savoir à quoi ça ressemble, dit-il à mon père en rentrant à la maison.

5

A l'annonce de l'arrivée des troupes allemandes, Marie et sa fille, alors âgée de quatre ans, avaient fui leur petit village alsacien dans une vieille voiture avec l'intention d'aller se réfugier dans la maison de Gédéon.

La maison de l'oncle Gédéon... Marie ne cessait d'en rêver depuis que le notaire avait lu devant elle le testament :

Je lègue à Marie D..., la fille de mon frère Justin, ma maison des Baumettes, commune de Callian. Et six hectares de terre...

La maison de Callian...

Elle avait pris la route en y pensant tout le temps.

Aux alentours de Lyon, prise dans la tourmente, Marie avait dû abandonner sa voiture mais avait continué son chemin en tirant sa petite par la main. Toutes deux eurent la force de marcher jusqu'en Avignon mais arrivées devant ses remparts, à bout de ressources et de courage, elles durent renoncer à leur rêve d'aller plus loin. Marie loua les deux pièces d'un rez-de-chaussée à deux pas de la porte du Rocher et elle reprit son métier de couturière. La petite fréquentait l'école du quartier et, le soir, elle apprenait à coudre avec sa mère. Comme son père s'était appelé Nicolin, dit Colin, sa fille s'appelait Nicole, dite Coline.

Dix ans plus tard, quand elles eurent amassé l'argent nécessaire pour terminer leur voyage dans de bonnes conditions, Marie et sa fille reprirent la route pour s'en aller vivre dans la maison de Callian.

La maison de Callian, la maison de l'oncle Gédéon... Le rêve n'avait pas disparu. Elles le caressaient encore ensemble, le soir, tout en cousant... Elles se doutaient bien qu'il ne s'agissait pas d'une belle demeure mais elles étaient certaines de trouver au bout de leur chemin une maison proprette, avec un jardinet clos et des volets aux fenêtres...

Quand elles arrivèrent devant la misérable masure, Marie avait pu retenir ses larmes mais Coline laissa couler les siennes.

— Inutile de pleurer, petite. Que veux-tu, nous

n'avons rien d'autre. Il faudra bien s'en satisfaire. Allez, remue-toi. Jusqu'à mourir, rien n'est grave.

Avant que la nuit ne les ensevelisse, elles avaient balayé la terre battue, mis un peu d'ordre et tenu tête à Pépé Vitourin.

Le lendemain matin, un passage d'hirondelles, mille rayons de soleil et la splendeur des collines qui s'étalaient de leurs pieds jusqu'à l'horizon leur avaient rendu un peu d'espoir.

Marie avait pris sa fille par le bras et l'avait emmenée à travers la campagne.

— Regarde, Coline, regarde toute cette merveille et pense que tout cela est à toi. Nous allons nous mettre au travail. Dans un an, tout sera si beau que tu ne le regretteras pas.

Coline avait souri pour faire plaisir à sa mère.

Le lendemain, morose, je rejoignis Draguignan où je passai les deux longs mois qui me séparaient des vacances de Pâques.

Ces quelques semaines passées loin de chez moi ne suffirent pas à me faire oublier l'apparition du charreton tout auréolé du sourire de la jeune fille blonde. Son visage s'était imprimé dans ma mémoire, troublant, effaçant presque le souvenir de celui de ma mère.

Dès mon retour, je demandai à Abel ce qu'il advenait de nos voisines.

— Moi, je ne m'en occupe guère, me

répondit-il. Ce n'est pas comme le père et le Pépé. Ils ne savent plus quoi inventer pour leur faire prendre la poudre d'escampette.

Comme il ne m'en dit pas plus, je décidai de me rendre compte par moi-même. Je partis en musardant vers le village mais, dès que je fus hors de vue, j'obliquai vers un chemin qui menait au cabanon de Gédéon.

En arrivant devant la maison, je restai stupéfait. Une bonne douzaine de magnifiques géraniums éparpillés tout autour de la porte et des fenêtres donnaient un air pimpant à la misérable maison. La chose peut paraître banale aujourd'hui mais, en ce temps-là, elle était extraordinaire. Dans un pays comme le mien où chaque goutte d'eau est si rare, où chaque goutte d'eau coûte si cher en peine pour être tirée d'un puits et transportée à bout de bras qu'on ne l'utilise qu'avec grand soin. Qu'on ne la gaspille jamais, au grand jamais, pour arroser des fleurs. Malgré mon émancipation et la distance que j'avais prise vis-à-vis de la terre, j'en fus éberlué. J'admirai néanmoins la lumière que ces milliers de pétales écarlates donnaient au cabanon de Gédéon. Je remarquai aussi que les alentours avaient été nettoyés et qu'un petit jardin resplendissait déjà de plants de tomates et de courgettes.

Je restai de longues minutes sans sortir du taillis de genévriers derrière lequel je m'étais dissimulé.

Je revins chez moi en lambinant. J'étais

réconforté par ce que j'avais deviné de la vaillance de ces femmes mais déçu de n'avoir pas aperçu ne serait-ce que l'ombre d'un chapeau de paille.

Le repas de midi achevé, je m'accoudai à côté de Paulette, ma petite sœur, qui lavait la vaisselle. Je lui parlai de tout et de rien en attendant que le hasard permît à mes préoccupations d'entrer dans la conversation.

— Lève-toi de là, me dit-elle quand elle eut besoin de place pour poser sa vaisselle.

Je m'éloignai d'un pas mais ne m'en allai pas.

— Si tu me disais ce que tu veux savoir, ce ne serait pas plus facile ? me demanda-t-elle enfin en riant.

— Rien, mais rien, balbutiai-je en m'éloignant d'elle.

Mais pas assez vite pour ne pas l'entendre murmurer :

— Grand couillon, va.

Puis, bravette, elle me rappela pour évoquer volontiers la détresse dans laquelle se trouvaient nos voisines.

— Pauvre, depuis qu'elles sont là, ces malheureuses pleurent des larmes de sang. Elles ne connaissent rien à la terre et doivent tout apprendre. La mère s'en va dès l'aurore jusqu'à Grasse pour trouver du travail de couture. La petite, elle, s'échine dans le jardin pour faire pousser quelques légumes. En attendant, le dimanche, elles se mettent sur le marché et vendent ce qu'elles ont trouvé dans les bois. Autant dire, presque rien, une misère... Souvent elles ne gagnent pas même de quoi payer leur place. Je ne sais pas ce qu'elles mangent mais ce ne doit pas être bien gras. Le reste du temps, elles le passent à se défendre du père et du Pépé qui leur en font voir de toutes les couleurs. Si tu veux mon avis, elles ne tiendront pas longtemps et c'est exactement ce qu'attendent ces deux-là.

Je restai un long moment près de Paulette sans parvenir à exprimer, ne serait-ce que d'une phrase, l'intérêt et la peine que m'inspiraient ces pauvres femmes. Je la quittai sans avoir dit un mot. Comme d'habitude, plus je me sentais ému, plus je devenais vain.

Plus tard, ce fut Pépé Vitourin qui vint à moi pour en parler encore. Maintenant qu'il était trop vieux pour travailler, la haine qu'il ressentait pour nos voisines arrivait bien à point pour occuper son temps. Soit il ruminait sur son banc en frottant machinalement sa main sur sa taillole, soit il allait de-ci, de-là en marmonnant : « Je trouverai un moyen, mais un bon, pour les faire foutre le camp. »

Lui qui ne parlait guère m'apostropha.

— As-tu vu, petit, ce qu'elles ont mis devant la porte ?

Pépé Vitourin n'en revenait pas.

— Elles vont sécher leur puits à arroser ces herbes même pas bonnes à donner aux lapins...

Ah, elles sont connes, ces garces. Sais-tu que la vieille est venue demander à ton père où étaient les limites de leur terrain ? Vrai, il te les a bien promenées avant de leur couillonner quatre berges. Il sera toujours temps de dire qu'on s'est trompé si, par malheur, elles regardent le cadastre…

» Quant à moi, continua-t-il, tous les matins que Dieu fait, je m'en vais chasser du côté de leur maison. Je me planque à moins de cinq mètres de leur fenêtre et pan, pan, d'une seule main… et par-dessus le toit. Pas besoin de coq pour réveiller la poule et sa poulette. Ce n'est tout de même pas de ma faute si tous les oiseaux nichent par là.

— La chasse est fermée, Pépé.

— Je m'en fous, je ne tire pas les grives, je tire des Boches. Et cette nuit je m'en irai pisser sur leurs géraniums…

Hélas, que la honte m'anéantisse, je ne protestai pas. Je n'allais pas gâcher un instant si précieux. C'était si rare qu'il me parlât…

La nuit qui suivit fut pour moi une nuit blanche. Dès que je fus couché, le remords accumulé déborda de mes lèvres. Je me sentais comme écartelé sur une roue de charrette tandis qu'aux quatre coins de mon âme, des chevaux exaspérés tiraient à hue et à dia. Honte, soumission, révolte, haine. Je haïssais quelqu'un, j'en étais sûr. Etait-ce moi ?

Vers minuit, le corps rompu, ma résolution fut prise. J'allais m'interposer, fustiger ma famille et protéger ces femmes. Je m'endormis enfin.

Mais, dès que l'aube m'éveilla en éclairant ma chambre, l'angoisse revint. A l'idée que bientôt j'allais devoir tenir mes promesses, le chien rampant que j'étais réapparut soudain. Mes rêves de chevalier redresseur de torts me parurent absolument grotesques. De quoi donc allais-je me mêler ? Et pour deux femmes que je ne connaissais même pas ? Même elles probablement riraient de moi. Il me fallait à tout prix m'endurcir et faire corps avec les miens.

L'après-midi, je traînai, les mains dans les poches, tout en me persuadant que je ne savais pas quoi faire. C'est seulement quand le soleil commença à glisser vers le couchant que je repris le chemin qui menait au cabanon de Gédéon.

Marie était devant sa maison. Elle soulevait une lourde hache et la laissait retomber sur le bois qui se fendait ou qui ne se fendait pas, tant elle était maladroite pour faire cet ouvrage. J'eus spontanément pitié de l'inutilité de ses efforts. Elle ne m'entendit pas approcher et sursauta en me découvrant devant elle.

— Que voulez-vous ? demanda-t-elle en remettant ses cheveux en place.

— Vous aider.

— Qui êtes-vous ?

— Dieudonné.

— Le Dieudonné d'à côté ? dit-elle avec un mouvement de la tête.

J'acquiesçai innocemment.

— Foutez-moi le camp.

Elle dit ces mots sobrement, sans élever la voix. Au lieu d'insister, de protester, de me démarquer, lamentable, je m'apprêtais à lui tourner le dos quand elle ajouta :

— Et dites à votre grand-père qu'à présent moi aussi, j'ai un fusil. Et comme je ne sais pas viser, il se pourrait bien qu'en voulant tirer un lièvre, je m'en vienne à lui retrouer le bas du dos.

Alors qu'elle parlait, la porte du cabanon s'ouvrit et la jeune fille me regarda.

Tout en fuyant, je me retournai vers elle plusieurs fois.

Je passai une nuit aussi tourmentée que la précédente. Une chance m'avait été donnée de m'affranchir des turpitudes familiales et je l'avais laissée passer. Je n'étais qu'un âne, un couard, un couillon comme le disait si bien mon père. Le mépris tranquille dont m'avait gratifié cette femme m'était insupportable. A minuit, agacé par l'insomnie, je perdis patience. Et qui donc, après tout, était-elle pour se permettre tant de morgue à mon endroit ? Qui était cette illettrée assez stupide pour arroser des fleurs, cette tondue en cavale, comme le soupçonnait mon père ?

Je m'endormis enfin.

Nonobstant mes nuits de querelles avec moi-même, mes promesses et mes trahisons, les jours suivants, je repris mon manège. Rencontrer la jeune fille était devenu une obsession que nulle occupation ne parvenait à distraire. D'espionnage en investigation, j'appris à connaître son emploi du temps. Je m'amusais alors à la surprendre. Mais je ne m'approchais plus, je l'observais seulement.

6

Un jour comme les autres où je rôdais devant chez elle, je trouvai le cabanon clos. Déçu, désœuvré, je décidai alors de m'évader un peu et d'aller faire un tour vers la rivière.

Il faisait chaud à en mourir. En plein milieu du ciel, le soleil flamboyait de tous ses rayons. Notre rivière, la Siagne, coule discrètement au fond d'un canyon grandiose et intime à la fois. Ce paysage totalement sauvage avait toujours eu ma préférence et, quand j'y arrivai, je ressentis le même grand coup au cœur que les autres fois. La terre en s'éventrant offrait au ciel ses flancs verdoyants avant de les écarter en signe de bienvenue pour accueillir le mont Vinaigre. On ne pouvait se lasser de tant de splendeur. Au sommet de l'autre versant, les premières maisons de Saint-Cézaire regardaient le gouffre avec indifférence.

Je retrouvai sans peine le chemin secret qui descend comme pour conduire jusqu'aux entrailles de la terre et je m'y engageai. Plus bas, en taches dorées, la rivière palpitait entre les feuillages. Je n'en étais plus qu'à quelques pas, déjà je l'entendais bruire, lorsque je la vis.

Elle était accroupie, les bras noués autour de ses jambes et les cheveux mouillés étalés sur son dos nu. Du bout d'un bâton qu'elle tenait à la main, elle troublait le courant qui passait devant elle.

Je finis de descendre et obliquai vers elle.

Elle sursauta en m'entendant arriver mais se rassura sans doute à la vue de mon sourire niais. Sans vergogne, je m'assis à sa gauche. Elle frémit mais ne se sauva point.

— Bonjour, dis-je amicalement.

Elle ne me répondit pas et détourna la tête.

Je ne m'en affligeai point, obstiné, je la regardai encore.

Ce qui me surprit tout d'abord fut le peu de place qu'elle tenait auprès de ma grande carcasse. Elle était petite, cela va sans dire, mais incroyablement menue également. On eût dit que son corps ne possédait pas de squelette. Ses cheveux blonds et frisés lui dévoraient le front, les joues et les épaules. Elle tourna brusquement son visage vers moi, sans doute pour savoir si j'étais encore là, et j'aperçus dans un bref éclair la couleur de ses prunelles. Elle était semblable à celle de l'eau qui baigne les plages tropicales.

— Qu'est-ce que tu fais là ? insistai-je.

Je réalisai, dans un éclair, d'où venait mon aplomb. Elle paraissait vraiment très jeune, âgée de treize ou quatorze ans, à peine. Il était logique, en cette circonstance, que je la tutoie comme je tutoyais les enfants des écoles d'application.

Elle ne me répondit pas mais accepta de pousser son menton vers un superbe bouquet d'herbes aromatiques qu'elle avait mis à l'ombre d'un buisson. Je hochai la tête d'un air entendu mais j'aperçus au même instant, mal caché entre les pierres de la rivière, un filet où grouillaient quelques écrevisses en colère.

— On braconne ?

Elle rougit et regarda de l'autre côté.

Moi, je frétillais. Ses silences gênés, sa timidité flagrante me donnaient des ailes. Je pris mes aises en m'appuyant sur mes avant-bras. Elle avait envie de fuir. Elle tourna plusieurs fois la tête vers la muraille comme pour préparer son départ.

— Ta robe est mouillée, remarquai-je.

Elle baissa le menton vers le tissu qui séchait lentement sur sa peau.

— En pêchant, je suis tombée dans la rivière, j'ai failli me noyer.

C'était la première fois que j'entendais sa voix. Elle était légère avec le même accent que le mien, un peu plus appuyé peut-être, comme celui des environs de Marseille. J'éclatai de rire :

— On ne se noie pas dans si peu d'eau.

Elle sourit et parut se détendre. A court d'idées, je me contentais de la regarder sans cesse. J'étais fasciné par sa fragilité, sa joliesse et l'originalité de sa robe, faite d'un tissu vaporeux, rose à petits pois blancs, et que mille volants discrets rendaient superbe.

— Quel âge as-tu ?

— Seize ans.

J'en restai bouche bée. Je l'eusse su plus tôt, je n'aurais pas desserré les dents.

— Tu as une jolie robe.

— C'est maman qui l'a faite, répondit-elle en rougissant.

Sa confusion et sa gaucherie me rassurèrent définitivement. J'avais enfin trouvé plus balourd que moi. Peu expérimenté pour tenir tête aux femmes aguerries, je me délectais de cette faiblesse qui me faisait maître de la situation. J'allai jusqu'à la dévisager et remarquai que même lorsqu'elle était sereine, elle semblait rire encore parce que sa lèvre du dessus ne cachait jamais tout à fait ses dents du devant. Cela lui donnait un air enfantin qui, nonobstant ses seize printemps, m'encouragea à prendre encore plus de place auprès d'elle.

D'une pichenette de mes orteils, je fis sauter

mes espadrilles une à une. Elles tourbillonnèrent avant de retomber. L'une d'elles chuta dans l'eau.

Elle rit avec moi.

Non seulement j'étais maître de la situation mais, de surcroît, on me trouvait spirituel. L'envergure de mes ailes décupla.

Je me levai brusquement et allai plonger ma tête dans la rivière. En la relevant, mes cheveux gorgés d'eau l'éclaboussèrent. Elle s'esquiva en riant.

A présent, nous étions debout, l'un près de l'autre. L'émotion que j'en éprouvai me donna, une fois n'est pas coutume, du talent. Je lui proposai :

— Et si l'on attrapait encore quelques écrevisses pour le souper ?

— Je ne les mange pas, je les vends, répondit-elle avec sérieux.

Elle me conduisit néanmoins jusqu'à son attirail de braconnière dissimulé dans un buisson. Tant de naïveté et de confiance me bouleversa. Je n'y étais pas habitué. On ne livrait jamais ses secrets aux étrangers dans la famille de Pépé Vitourin...

Et c'est tout frissonnant d'un amour éthéré que, jusqu'au soir, je lui appris les mille et une roueries du bon pêcheur d'écrevisses clandestin.

Tout en bavardant, elle me dit son nom. Elle s'appelait Coline.

— Colline ?

Je n'en crus pas mes oreilles et la regardai avec ravissement.

Si nous ne cessâmes pas un seul instant de jacasser, pas une seule fois nous n'abordâmes l'épineux problème de nos querelles familiales. Dès que le risque d'en approcher pointait le bout de son nez, l'un comme l'autre nous faisions marche arrière.

Nous étions seuls au monde, orphelins depuis mille ans.

Quand, trop tôt, le soleil bascula derrière la montagne, nous remontâmes ensemble le chemin. Pour l'aider à franchir un obstacle fait d'épines enchevêtrées elle me tendait parfois la main. Chaque fois, à la soutenir ainsi, à la protéger, il me semblait grandir enfin.

Quand nous arrivâmes en vue de sa maison, la mort dans l'âme, je balbutiai :

— On se reverra ?

— Bien sûr. Toi au moins, tu n'es pas méchant.

Je reconnus les mots que m'avait dits, un jour, Paulette.

— Mais quand ? Et où ?

Elle ne le savait pas. Elle avait trop à faire, me dit-elle. Elle hésitait. Il me sembla qu'elle attendait que la décision vienne de moi. Je me fis violence. J'extirpai un peu d'assurance de ma misérable carcasse et lui proposai enfin la cabane en pierre, où nous déposerions sur des billets de papier les rendez-vous que nous nous donnerions. Elle accepta.

Je la quittai. En lui serrant la main, j'eus l'audace de planter mes yeux dans les siens.

J'eus l'impression fulgurante d'avoir enfin mon âge.

7

Je passai une partie de la nuit suivante à lui écrire une lettre.

Je lui confiai tout d'abord l'absolu plaisir que j'avais eu en sa compagnie en énumérant, tout autant pour moi que pour elle, tous nos instants de connivence. Alors que je laissais couler les mots, peu à peu, chaque mot écrit faisait trembler ma main. Je bafouillais de la plume et du sentiment. Toute une myriade de troubles que j'avais jadis ressentis et aussitôt réprimés venaient embrouiller ma pensée. Mon émoi me trahissait constamment. Le simple fait de me relire me fit rougir de honte, ma lettre que j'aurais aimée franche et lumineuse n'était qu'une indécente déclaration.

Au lycée comme à l'école normale, on me

surnommait : le puceau. J'évitais la compagnie des filles et rougissais dès que mes condisciples se confiaient leurs exploits amoureux avant de m'enfuir aux premiers détails. Je n'avais jamais eu que des désirs sans visage et sans voix... Maintenant qu'ils prenaient corps, musique et senteur, je défaillais. Je ne réussis pas plus à terminer ma lettre qu'à apaiser mon trouble et je m'endormis d'épuisement sur le bord de ma table.

Quand je me réveillai, ma pudeur revigorée reprit le dessus et j'échappai au risque de replonger dans le désordre en griffonnant sur un quart de feuille un simple rendez-vous pour le lendemain.

C'est en déposant mon billet dans notre cachette que je trouvai le sien. Il était bien écrit et sans une seule faute. L'œil exercé de l'instituteur que j'étais ne put s'empêcher d'en être satisfait. Ensuite, je m'émerveillai à imaginer que, peut-être, elle avait éprouvé à l'écrire les mêmes tortures que les miennes. Encore une fois, la concordance de nos pensées et de nos conduites m'étonna.

J'étais toujours à nos rendez-vous bien avant l'heure. Coline arrivait peu après. A travers les branchages du poste de chasse où je me tenais, je la voyais arriver. Elle dansait sur le chemin pour éviter les épines et protégeait sa jupe en la relevant légèrement. Quand elle n'était plus qu'à quelques pas de moi, je sortais de ma cachette et je lui tendais la main. Elle la prenait et avançait encore jusqu'à effleurer mon corps pour déposer un baiser sur ma joue ainsi qu'il est commun de le faire en famille et en amitié. Je recevais ces petits baisers du bout des lèvres comme si la foudre s'abattait sur ma tête. De toute ma vie, il ne me souvenait pas que l'on m'eût approché de si près, ni qu'on ait posé des lèvres sur moi.

Un soir, alors que nous étions tous autour de la tablée, entre autres choses peu aimables, mon père s'exclama :

— J'ai vu la voisine au marché, ce dimanche. Je ne sais pas ce que cette femme a dans la tête mais elle mène avec sa fille un drôle de remue-ménage. Petite, va dire ceci à Justin, petite, apporte ça à François... M'est avis qu'elle veut s'en débarrasser au plus vite en la fourrant dans les bras d'un coquin. Il faut voir comment elle s'y prend, la mère maquerelle ! Elle pourrait la mettre à poil à côté de ses tomates qu'elle ne se gênerait pas. Je ne sais pas pourquoi elle cherche à la marier si vite... A mon avis, elle ne doit pas être très fraîche, la petite. Le temps presse. Si vous m'en croyez, n'importe quel couillon fera l'affaire...

Et, chose incroyable à La Sourgentine, toute la tablée s'esclaffa.

Pour que nos rencontres restent imperceptibles aux yeux de notre voisinage, je m'étais inventé un herbier semblable à celui de mon enfance que je voulais si exhaustif qu'il était normal, en cette circonstance, que je courusse sans cesse les bois. Coline, elle, était plus libre et plus occupée à la fois. En arrivant à nos rendez-vous, je commençais par faire son travail, bêche, hache ou marteau – mes larges mains faisaient en un instant l'ouvrage d'une journée de ces malheureuses femmes –, puis je l'entraînais vers des collines lointaines afin de lui apprendre d'autres plantes et d'autres paysages. En revenant, le soir, trahison notoire, je lui révélais les contrées mystérieuses où poussent les morilles et les chanterelles…

Et ces quelques jours de printemps se passèrent dans le même idéal d'harmonie que la première fois. Coline était une jeune fille gaie sans être exubérante, douce et active à la fois. Près d'elle, je ne me sentais plus embarrassé par ma grande carcasse, il m'arrivait même d'y être à l'aise et de me découvrir clairvoyant et bavard.

Un jour, je lui demandai :

— Pourquoi n'as-tu pas le même accent que ta mère ?

— Parce que j'ai grandi en Avignon.

Et elle me raconta son enfance solitaire au milieu des clientes de sa mère, sa peur des uniformes, des fusils et des bombardements, son quartier misérable et ses marches vers l'école en suffoquant sous les bouffées de mistral... Elle en riait et frissonnait en même temps.

Bien qu'elle fût la plupart du temps active et raisonnable, Coline perdait parfois la tête. Chaque fois qu'un obstacle s'élevait devant elle, elle abandonnait ses pesantes semelles et, d'un battement de paupières, elle s'envolait vers des contrées éthérées où rien n'est comme ici-bas.

La première de ces contrées était, en dépit de toute vérité, le château de la bonne reine Jeanne. Un château planté là où le Rhône s'étale et d'où l'on peut contempler la belle Provence, de la mer emmêlée de brumes jusqu'au mont Ventoux couronné de nuages. Pour peu qu'une émotion l'exaltât, Coline s'y transportait en un instant. Sa nuque se redressait, sa voix se posait et son regard prenait de la distance. Elle étalait sa courte jupe autour d'elle et l'on pouvait voir sans peine l'herbette se recouvrir de l'abondance des brocarts. Un rocher tombé de la muraille enflait jusqu'à devenir citadelle tandis que l'eau clairette de la rivière figurait une calanque où mouillaient les vaisseaux du roi. Si, à cet instant, j'étais attentif et que j'entrasse adroitement dans son histoire, elle m'accueillait sans surprise et, qu'elle s'émerveillât ou s'indignât, je me devais, en digne chevalier, de prononcer les mots en résonance avec son histoire.

Si l'on se donnait la peine de suivre dame Coline dans ses divagations, on dévoilait aisément, par simple transposition, l'essentiel de son tourment. Lorsque la bonté et la finesse de la bonne reine Jeanne avaient résolu son embarras, Coline abandonnait son rôle dans un soupir évanescent. Je redevenais alors Dieudonné et, de n'être plus chevalier en ce pays magique, le plus déçu des deux, c'était moi.

La deuxième contrée féerique de Coline avait pour nom la Crau, cernée d'eaux et de vents, le pays de Mireille, la jeune paysanne dont Mistral raconte l'histoire. Mireille à l'amour éternel et protégée des trois saintes, les belles marinières. Mireille, bien sûr, c'était encore elle, et moi j'étais Vincent, le vannier loyal qu'elle aimait tant.

Je t'aime, ô jeune fille enchanteresse,
au point que si tu me disais : « Je veux une étoile ! »
il n'est traversée de mer, ni bois, ni torrent fou,
il n'est de bourreau, ni feu, ni fer qui m'arrêtât.
Au bout des pics,
touchant le ciel,
j'irais la prendre,
et, dimanche, tu l'aurais pendue à ton cou[1]

... récitait Coline, et combien me plaisait qu'elle me prêtât cette vaillance et ce talent !

Coline me raconta qu'au temps de leur vie misérable en Avignon, alors que la guerre faisait rage, sa mère avait coutume de lui lire, chaque soir, quelques strophes d'un des chants de *Mirèio* de Frédéric Mistral. La lecture sans fin de cet unique livre qu'en emménageant elles avaient trouvé dans le fond d'un placard avait tout d'abord servi à lui fermer tendrement les paupières. Puis, en grandissant, Coline avait découvert le texte en provençal et s'y était plongée tout entière charmée par sa musique et son lyrisme époustouflant. Elle savait par cœur mille vers et me les récitait, au gré de ses langueurs, d'une voix tremblante.

Coline était aquarelliste quand elle s'agenouillait au pied des fleurettes et s'extasiait de leur délicatesse et de leur perfection. Le nez froncé à deux doigts d'un liseron des bois, elle le décrivait à voix haute en utilisant, pour parler de sa texture, l'organdi et la soie. Elle me faisait remarquer la rectitude parfaite de la soudure de son pétale, la délicatesse de sa couleur finement mêlée de pourpre et de blanc. Elle passait de la valériane aux orchis des bois en choisissant pour dépeindre chacune d'elles la mousseline, le velours ou le satin. D'un doigt menu elle relevait la jupe d'une clochette et noyait ses yeux dans l'infini de sa corolle. Le ciste cotonneux, si commun dans nos forêts, avait sa préférence :

— Regarde, me disait-elle, ses pétales froissés sont faits de soie sauvage et sa nuance est si rare qu'il faudrait mille couleurs à un peintre...

Coline était tigresse, non pas celle qui lacère et montre ses dents, mais celle qui protège sa couvée en rugissant. Elle avait les attentions les plus tendres pour toute créature quelle qu'elle soit, et, bien entendu, également pour moi. D'un geste secourable, elle aidait un insecte à reprendre son vol et, de la même façon, si j'écorchais mon doigt, elle se précipitait pour étancher de ses lèvres la goutte de sang. En me soignant, sa main caressait la mienne sans y prendre garde, et tant de fois, et si affectueusement, que je frémissais en rêvant de plaies à la poitrine, là où le cœur bat.

Le soir, j'entendais encore sa voix, je sentais son souffle à mon oreille, mon cœur battait sans cesse et je m'endormais en laissant défiler en filigrane les images que m'avait laissées notre rencontre de la veille.

8

Quand, au mois de juin de cette année-là, je revins à La Sourgentine, avec, en poche, mon diplôme d'instituteur, j'avais vingt et un ans. Ma première affectation dans une petite école proche du port de Saint-Raphaël me déçut fortement tant j'aurais aimé rester dans mes collines si familières... Au diable un avenir si lointain, pensais-je, puisqu'il me fallait auparavant, dès le mois d'octobre, faire mon service militaire.

Coline et moi, nous nous aimions. Toutes les épines des sentiers, toutes les pignes d'or dressées au bout des branches des pins noirs pourraient jurer l'avoir entendu nous le dire des millions de fois. Nos âmes étaient soudées aussi fort que nos mains. Pour lui plaire, j'avais fait mienne la chanson de Magali et je me plaisais souvent à murmurer à son oreille :

Ô Magali, si tu te fais lune sereine, je me ferai, moi, belle brume, je t'envelopperai[2].

Vers la mi-septembre, Coline me confia que l'état de santé de sa mère l'inquiétait.

— Elle est pâle. Elle travaille trop et ne mange guère. Le souci la ronge.

Etant donné la misérable condition dans laquelle se déroulait leur existence, le tourment de la pauvre femme me parut légitime et, tout à mon amour égoïste, je n'épiloguai pas.

Un jour, Marie, qui revenait de Grasse, passa devant chez nous au volant d'une vieille camionnette. Tout ce que représentait cet achat rendit furieux Pépé Vitourin.

— Si elles ont des sous, jamais elles ne s'en iront.

La jalousie aussi et la rage de l'homme à pied devant une femme au volant. Le soir même, il s'en prit à mon père :

— Voilà bien ce qu'il aurait fallu acheter depuis longtemps déjà. Et toi, espèce de buse, tu préfères traîner derrière ton âne qui te cague sur les pieds.

Dis-moi un peu si ça te plaît de recevoir de la merde sur tes souliers ?

La moutarde monta au nez de mon père :

— Eh bien oui, il me plaît que mon âne cague. J'en ai l'habitude car, vois-tu, d'âne et de merde, il y a de quoi faire dans cette maison.

Par la faute de Marie, ils faillirent en venir aux mains.

Hélas, l'été s'achevant, arriva pour moi le moment de partir faire mon service militaire. J'avais été affecté dans un bataillon de chasseurs alpins. De *chasseurs d'lapins* comme disait Pépé Vitourin, et dont je ne reviendrais pas avant trois mois. Nous en parlions souvent en nous promettant des milliers de lettres échangées entre chacune de mes précieuses permissions.

Pour notre dernière rencontre, je trouvai romantique de donner rendez-vous à Coline au bord de la rivière, comme la première fois. C'était le dernier jour de septembre. Coline, comprenant l'anniversaire, avait remis sa robe rose à petits pois blancs qu'elle avait recouverte d'un fichu de laine. Nous descendîmes ensemble le chemin qui mène à la rivière. Pour ne pas glisser, comme à l'ordinaire, Coline s'accrochait à mon bras.

Nous tentâmes de pêcher des écrevisses mais le cœur n'y était pas. Tous les petits riens qui d'habitude enchantaient nos heures nous laissèrent de glace ce jour-là. La souffrance que j'éprouvais à l'idée de ne plus avoir sa main dans la mienne et de ne plus sentir son parfum exaltait le désir inassouvi que j'avais d'elle, un désir féroce qui ravageait mes nuits depuis de longs mois.

Coline, elle, semblait nerveuse, inquiète. Elle, d'ordinaire si limpide, semblait avoir un secret qu'elle ne me disait pas. Ce jour-là, pas plus elle ne fit d'équipée flamboyante au pays de la reine Jeanne, pas plus elle ne devint Mireille. Elle garda les pieds sur terre, le front pensif et les larmes proches des paupières. Moi, convaincu qu'elle pleurait mon départ, je ne pensais qu'à la consoler en la prenant dans mes bras.

Quand le soleil pressé bascula vers le couchant, je décidai de l'emmener tout le long de l'eau en rêvant secrètement de nous en aller si loin qu'on n'en reviendrait pas. Tout le temps que dura cette escapade, gorge serrée, je ne sus rien lui dire, même quand ses yeux battus se plantaient dans les miens. Nous revenions sur nos pas quand Coline s'agenouilla devant un arbrisseau pas plus haut que ma main :

— Regarde, c'est un érable rouge, il est extraordinaire qu'il pousse ici tout seul. Vois comme il est beau déjà…

Je regardai l'érable mais plus encore la taille souple de Coline qui se ployait devant moi. Celle-ci, tigresse, s'activait autour du frêle feuillage en désherbant alentour comme pour lui faire de la place.

— J'aimerais l'avoir devant ma maison et le regarder pousser jusqu'à ce qu'il soit grand, grand…

Son visage prit une expression angoissée à laquelle je ne pris pas garde, je souris seulement de ce que je considérais comme un enfantillage. Mais son émoi était réel et je crus un instant qu'elle allait s'envoler vers son pays magique où les bienfaisantes Saintes Maries sauraient la consoler de son chagrin. Je guettai dans ses prunelles le grain de malice annonçant l'apparition de la reine Jeanne et ma métamorphose en prince. Mais Coline garda baissées ses paupières et je dus me suffire d'être moi.

Lorsque nous revînmes à l'endroit où nous nous étions rencontrés la première fois, Coline étendit son fichu sur le sol et nous nous assîmes. Nous restâmes un long moment silencieux puis, comme si elle se libérait d'une grande peine, elle évoqua les inquiétudes de sa mère à l'entrée de l'hiver. Elle me questionna sur la dureté du temps, s'il tombait souvent de la neige, s'il y aurait beaucoup de vent…

Sa bouche eut une moue que je ne lui connaissais pas.

— Tu vois, ajouta-t-elle soudain, j'aimerais vivre un jour dans une maison tout en pierre. Une maison qui aurait des murs si épais, si forts que jamais ils ne laisseraient passer ni le vent ni le froid, ni surtout les coups de tonnerre...

Ses yeux s'agrandirent sous l'espoir. Je fus certain qu'à cet instant elle avait devant elle le château de ses rêves. J'eusse dû aussitôt revêtir pour elle mes habits de prince et faire renaître le monde enchanté qui la consolait si bien de sa misère. J'eusse pu aussi, tout en restant moi-même, la prendre dans mes bras et lui promettre de construire une magnifique maison de mes mains. Mais les mots émerveillés qu'elle jetait à la mer firent naufrage sans que je songeasse à les sauver de la noyade. Je remarquai seulement que la détresse la rendait belle et je me désolai d'autant plus de mon prochain départ.

Enfin, comme si elle n'en pouvait plus de garder son secret, Coline murmura :

— Ma mère est très malade. Je le sais, même si elle ne me le dit pas.

Je me rapprochai d'elle pour la réconforter. Je lui caressai les mains et les serrai dans les miennes. Elle me regarda un bref instant comme si j'avais été un autre, celui que j'aurais tant aimé être. Son regard extasié me transporta bien au-delà du réel. Je pris son visage entre mes mains et je l'embrassai au hasard, sur ses paupières, sur ses joues, sur ses lèvres. Elle ne protesta pas, je recommençai une fois puis deux, jusqu'à ce que vaincue par tant de tendresse elle m'embrassât elle-même.

Quand je la pris dans mes bras elle s'accrocha à

mon cou. Déséquilibrés, nous basculâmes sur le fichu de laine. En sentant sa poitrine contre la mienne, je perdis la tête et m'allongeai sur elle.

Quand je repris conscience, elle avait mon visage entre ses mains et le pressait contre le sien. La bouche contre mon oreille, elle murmura :

— Dis, on va se marier maintenant ?

Pourquoi ai-je reçu cette offrande comme une explosion dans ma tête ?

Je ne me souviens pas de ma réponse, si ce fut un mot, si ce fut un geste. Je sais seulement que lorsque je repris enfin conscience, Coline pleurait à chaudes larmes. Elle leva vers moi des yeux pleins de détresse et je réalisai l'inconvenance de mon silence. Je l'enlaçai et la rassurai. Bien sûr que nous allions nous marier. Le soir même, assurai-je, j'en parlerais à mon père et, quelle que soit son opinion, nous irions au bout de notre décision. Ma voix posée et mes accents pleins de conviction parvinrent à la consoler. Nous revînmes en nous tenant par la main. J'étais le plus heureux des hommes, et Coline la plus tendre des femmes. Nous nous séparâmes en nous embrassant longuement. Je promis de lui écrire, dès le lendemain, une lettre si longue qu'elle n'aurait pas de fin...

9

De retour à La Sourgentine, je m'affalai sur mon lit et je m'endormis immédiatement. A l'heure du souper, on m'appela en vain puis on soupa sans moi.

A l'aurore ma sœur me réveilla. Il était temps d'entreprendre le long périple qui m'emmènerait jusqu'à Grenoble, pour le premier jour de mon service militaire.

Dans la première lettre que j'écrivis à Coline, je lui avouai n'avoir pas eu le loisir de faire part de mes intentions à ma famille…

… peu importe, chérie, je le ferai bientôt. Bien qu'à tout considérer je n'aie besoin du consentement de personne pour te prendre pour femme.

D'être hors de portée, hors d'influence semblait me rendre efficace. En cachetant ma lettre, je me sentis le plus heureux des hommes. J'allais épouser la plus délicieuse des femmes, celle qui par sa tendresse et par son amour avait fait de moi un homme, celle qui ferait de ma vie une succession d'instants d'émerveillement.

Par retour du courrier, Coline me répondit une lettre tout à fait charmante.

... Maman a finalement accepté que je me marie avec toi. Cela n'a pas été facile. Mais j'ai su si bien lui dire à quel point tu étais différent des autres membres de ta famille qu'elle a cédé enfin. A présent, nous ne parlons plus que de toi.

Reviens vite, je suis si pressée de me marier que je tremble d'impatience. Maman aussi d'ailleurs. J'ai demandé la liste des papiers nécessaires pour publier les bans et maman a commencé à coudre ma robe. Il est réellement dommage que nous soyons obligés de nous marier en présence de tes parents. J'aurais préféré m'en aller au bout du monde et faire un secret de tout cela.

« Je suis si pressée de me marier... » Je souris avec indulgence, il ne s'était passé qu'une semaine depuis le jour où nous nous étions promis le mariage. Cette petite phrase m'attendrit, Coline n'était qu'une enfant rêvant de bouquet et de robe blanche...

Je répondis à sa lettre en la taquinant :

Pourquoi tant de hâte à vouloir me passer la

corde au cou ? Je suis ton fiancé et j'en suis très heureux... Cela ne te suffit-il pas pour m'accorder ta confiance et calmer ton impatience ? Je t'aime tant...

Il me semblerait pourtant raisonnable d'attendre que j'aie achevé mon service national. Dix-huit mois seront vite passés. Nous pourrons alors habiter Saint-Raphaël, tout à côté de mon école. Chérie, as-tu déjà vu la mer ?

« Je suis si pressée de me marier... »

Que je skie, que je tire sur des cibles ou que je marche dans la neige avec mon barda..., cette petite phrase trottait de-ci, de-là, l'air de rien, faisant son petit bonhomme de chemin, elle parvenait parfois à m'agacer.

« J'ai déjà demandé la liste des papiers nécessaires... »

Coline avait seize ans, j'en avais vingt et un, et toute la vie pour vivre ensemble : que pouvait nous apporter tant de précipitation ? Je résolus de tenir bon et de ne pas me laisser faire.

Dieu sait si je l'aimais pourtant. Je n'avais qu'elle, et plus encore je n'avais jamais eu qu'elle. A tous moments je frissonnais à sa seule évocation. Son premier baiser sur ma joue avait à lui seul rempli mon cœur de lumière. Le premier baiser de toute ma vie. En me le donnant, elle m'avait appris que j'avais une peau, une joue et que j'étais aimable. J'aimais à me rassasier de la sensation de puissance que j'éprouvais quand elle demandait à ma main de soutenir la sienne. Je m'alanguissais au souvenir de ses petits soins, de ses tendresses. Enfin, le soir, je revivais indéfiniment le moment de notre étreinte.

J'en étais là, entre extases et atermoiements, quand on me remit une lettre. Je l'ouvris machinalement en pensant à Coline. Elle était de Paulette :

Tu le sais, ici, il est bien difficile de tenir une chose secrète à moins de la jeter au fond d'un puits et d'y mettre une montagne par-dessus... Figure-toi que le bruit a couru, le secrétaire de mairie est une bazarette, que Coline allait se marier... Quand notre père a appris la nouvelle, il n'a eu de cesse de savoir avec qui. Comment s'est-il dépatouillé pour apprendre que c'était avec toi, je ne le sais pas. Mais, fan de lune, le pastis de fin du monde qu'il a fait, ça je ne pourrais pas l'oublier. Pauvre, je ne l'ai jamais vu à ce point en colère. Si je te rapporte les choses comme il les a dites, ce n'est pas par malice mais pour que tu comprennes bien :

« Les garces cherchaient un couillon, té, elles ont trouvé Dieudonné... J'aurais dû m'en douter... Mais ce mariage n'est pas fait, foi de Dédé. Je l'ai d'ailleurs bien fait comprendre à la mère maquerelle. »

Pépé, lui, n'a rien dit parce qu'il ne va pas très bien... Peut-être bien qu'il va casser sa pipe avant que tu reviennes.

Je l'attendais. Je ne dis pas que je l'espérais, oh non, mais j'étais sûr qu'une chose pareille arriverait.

Bien que je fisse semblant de n'en avoir gardé aucune trace, ma mémoire avait conservé intacte la raillerie de mon père commentant l'attitude de Marie : « Je ne sais pas pourquoi elle veut marier sa fille, mais le temps presse, n'importe quel couillon fera l'affaire. » Dès que j'avais entendu cette phrase effroyable, je l'avais enfoncée dans l'obscur tréfonds de mon être, au plus intense de mon désir d'oubli, mais jamais elle n'avait cessé de réapparaître.

Je ne parvenais pas non plus à oublier que jamais mon père ne se trompait lorsqu'il donnait la signification d'un comportement bizarre. Plus que sa langue de pute c'était cette clairvoyance qui le rendait redoutable.

Dès lors, je tournai en rond dans mon mal-être et, comme paralysé, je ne parvenais pas à me dégager d'une spirale qui, en tournoyant, projetait loin d'elle tout ce dont je venais à peine de jeter les bases. La vérité était monstrueuse : je m'étais laissé bel et bien abuser. Je n'allais pas au-delà de l'image effrayante de limpidité que ma mémoire performante agitait devant moi, celle de mon père sarcastique disant :

« Elles cherchaient un couillon, pardi, elles ont trouvé Dieudonné. »

Cependant, après de longs jours d'abattement

et de confusion totale, celle-ci perdit un peu de sa clarté. Celle, radieuse, de Coline, en s'y superposant, me donna la force de m'extirper de l'emprise paternelle mais au prix de mille blessures, comme on déracine un vieil arbre en sacrifiant les racines les plus lointaines.

La vérité devint aussitôt évidente. Marie ne m'avait jamais cajolé, bien au contraire. Pas plus Coline n'avait-elle cherché à me séduire. Je replongeai volontairement dans mes souvenirs en tentant d'y déceler la moindre preuve de manipulation. Je n'y trouvai que la confirmation d'un bonheur tranquille fait d'une multitude de moments de connivence. Coline n'avait jamais fait que répondre à mes désirs et c'était justement cette soumission qui m'avait séduit. Mon père se trompait et de Coline seule venait la vérité. Après m'être rafraîchi à sa si précieuse candeur, après avoir répertorié les mille et une preuves d'amour qu'elle m'avait données, je déchirai la lettre de Paulette. Désormais, je ne me laisserais plus intimider. Il me serait facile d'être le plus fort. J'étais majeur et j'avais un métier. Au diable mon père.

J'écrivis aussitôt une lettre à Coline dans laquelle je la suppliai de ne pas s'inquiéter et d'attendre sereinement mon retour. Pour finir, je lui confirmai cent fois mon amour et renouvelai ma promesse... En cachetant cette lettre qui m'engageait définitivement à braver mon père, je tremblai de fébrilité et de fierté.

Hélas, durant la nuit qui suivit, la peur qui me hantait depuis ma naissance fit le siège de ma détermination, lança un ultime assaut et gagna la bataille.

Je n'ai jamais envoyé la lettre.

Au petit jour, j'en écrivis une autre. Celle-là grondait Coline de son imprudence et de son manque de discrétion. Par sa faute, se rendait-elle compte, j'étais dans de sales draps et obligé de tenir tête à mon père. Enfin, je la priais de se tenir tranquille jusqu'à mon retour, dans un mois à peine. A ce moment-là seulement, nous déciderions de ce qu'il conviendrait de faire.

Huit jours passèrent sans que je reçoive de réponse. Huit jours passés à me morfondre, à me mépriser, à me haïr. J'écrivis alors à Coline trois pages alarmées dans lesquelles je me répandis en excuses et en remords. Puis, j'osai exprimer par des mots hardis tout l'amour que j'avais pour elle. Je l'assurai enfin de ma volonté de me marier, sur-le-champ s'il le fallait…

L'enveloppe me revint ainsi annotée : *N'habite plus à l'adresse indiquée…*

10

Dans les tout premiers jours de juillet, alors que Coline et Dieudonné se rencontraient pour la première fois au bord de la rivière, Marie s'était rendue chez madame Destrambeau, une de ses clientes de Grasse. C'était une brave femme que cette cliente-là, sans un sou de malice et le cœur plein de bons sentiments.

Madame Destrambeau avait enfilé sa nouvelle robe et Marie, accroupie à ses pieds, mesurait et formait l'arrondi de l'ourlet. Pliée en deux, une épingle entre les lèvres, elle s'appliquait à sa tâche quand il lui sembla qu'une lame d'acier s'enfonçait dans son ventre. La douleur fut si aiguë que la malheureuse perdit un instant conscience et se laissa glisser de tout son long sur le sol. Madame Destrambeau, alarmée, appela aussitôt un médecin à qui Marie se plaignit de ressentir, depuis quelque temps, une lourdeur sur le côté droit. Après l'avoir auscultée consciencieusement, celui-ci lui dit :

— Vous devez entrer immédiatement à l'hôpital, madame. A la palpation, je sens une grosseur importante qu'il faut opérer sans tarder.

— Merci, docteur, avait répondu Marie. Je le ferai mais pas tout de suite.

— N'attendez pas.

Marie avait levé vers le médecin des yeux sans regard.

— J'irai, répéta-t-elle faiblement.

Quand, un peu plus tard, Marie enfila son manteau et lui dit au revoir, madame Destrambeau, compatissante, lui proposa de prendre leur vieille camionnette :

— Cela me tourne le sang de vous voir barouler sur les routes du matin au soir. Puisque vous avez la chance de savoir manier une automobile, prenez donc celle-là. Cette malheureuse se meurt d'estransi au fond de la cour depuis que mon mari ne la conduit plus. Il est devenu tellement sourd, pauvre, qu'il n'entend même plus tourner le moteur. Prenez-la, à toutes les deux, cela fera du bien.

C'est ainsi que Marie, en rentrant chez elle au volant de la camionnette, déclencha, bien malgré elle, le courroux du Pépé. Quand, au coucher du soleil, Coline revint, toute frémissante et les yeux pleins de soleil, du bord de la rivière, Marie s'étonna de sa démarche légère :

— Tu sembles contente ?

— Regarde, mon panier est plein d'écrevisses. Je cours les apporter au restaurant.

Et elle s'envola sans remarquer le pli soucieux au coin des lèvres de sa mère.

Tant que la lumière du jour éclaira leurs mains, toutes deux firent courir leurs aiguillées de fil dans la toile sans que ni l'une ni l'autre n'ait le courage d'avouer l'instant qui venait de faire basculer leur destin.

Coline passa une partie de la nuit à revivre chaque moment de sa rencontre avec Dieudonné. Près d'elle, Marie tâtait son ventre en se demandant quand elle trouverait le temps d'aller se faire soigner ainsi que le médecin le lui avait recommandé.

Comme si elle n'avait pas son content de peine, le lendemain matin, en ouvrant sa porte, Marie découvrit la camionnette toute bancale, un pneu crevé.

Cette méchanceté qui, d'ordinaire, l'aurait galvanisée suffit, ce matin-là, à la décourager. Elle ne se retourna pas vers La Sourgentine pour invectiver le Pépé par-dessus les restanques, elle rentra chez elle et laissa s'éventrer le barrage de détermination derrière lequel, jusqu'ici, elle se protégeait. Toutes les larmes qu'elle avait courageusement retenues s'élancèrent en tourbillonnant dans la brèche en emportant sa vaillance avec elles. Adieu rêves de lutte et de victoire. Adieu rêves de fin de vie sereine. Jamais elle n'aurait la force de combattre ni le temps de vaincre.

Plus tard, Marie essuya ses larmes et prit sa tête dans ses mains afin de faire ses comptes. Elle n'avait plus guère d'argent. Elle devait garder ce qu'il lui restait pour payer l'hôpital. Après, on verrait. Une chose après l'autre, disait toujours sa mère. Elle passa sa main sur son ventre d'un geste qui, très vite, devint machinal. Elle devait aller à l'hôpital... Mais que deviendrait Coline durant son absence ?

Elle examina les solutions qui s'offraient à elle, il n'y en avait guère. Mais elle trouverait bien. Elle se dirigea vers l'évier et commença sa toilette. Soudain, comme elle levait les yeux vers le miroir, elle y surprit son image et ne se reconnut pas. La femme qu'elle avait devant elle avait un visage blafard que trouaient des yeux sans lumière. Marie voulut le faire sourire mais n'y réussit pas. En face d'elle, sévère et désapprobateur, le visage semblait vouloir dire quelque chose. Marie se pencha vers lui et tendit l'oreille :

« Et si tu n'en revenais pas ? »

Une onde de terreur se noua au creux de son

estomac. Elle se laissa aller contre la pierre de l'évier jusqu'à ce que son malaise passe, puis elle termina sa toilette, paupières basses. Elle dut, par trois fois, essuyer son front recouvert de sueur.

Ensuite, elle mit de l'ordre dans la misérable cuisine et s'installa à sa machine à coudre. Elle laissa passer quelques minutes sans se rendre compte du temps qui filait, puis elle prit son ouvrage et ses doigts ingénieux manièrent le tissu sans qu'elle leur prêtât attention.

Il lui fallait mettre Coline à l'abri... songeait-elle indéfiniment.

Chaque minute finissante, emportant avec elle un morceau d'espoir, laissait l'anxiété prendre toute la place. Une main sur son ventre, Marie allait et venait à ses tâches quotidiennes tandis que ses pensées tournoyaient follement. Elle ne cessait de courir d'une résolution à l'autre. Aller à l'hôpital ou ne pas y aller. Coline, sa petite, que faire, que dire ? Coline, sa petite, si jeune encore, qui en prendrait soin ? Que deviendrait-elle sans elle, sans mère, sans personne ?

Trois jours passèrent en dévorant sa vigueur mais aussi sa raison. Elle imaginait les solutions les plus extravagantes, s'en rassurait un instant puis s'effondrait, convaincue de leur dérision. Elle ne se résignait pas à laisser sa fille dans la seule compagnie de ces voisins barbares. Elle connaissait si peu de monde par ici, et là-bas, en Alsace, elle n'avait plus guère de famille, ou si peu amicale, ou déjà dans l'embarras...

Elle décida d'aller voir madame Destrambeau qu'elle savait de bon conseil afin de lui confier sa peine. Celle-ci accepta immédiatement de prendre Coline chez elle tout le temps que dureraient les soins à l'hôpital. Mais Marie insista :

— Et s'il m'arrivait malheur, vous me comprenez... si je n'en revenais pas, la garderiez-vous avec vous ?

Madame Destrambeau tenta de se montrer raisonnable.

— Ecoutez-moi. Vous allez rentrer à l'hôpital immédiatement. Je m'occuperai de votre petite et dans quelques semaines, quand vous serez guérie, vous rirez bien de toutes les folies qui, aujourd'hui, vous brouillent la cervelle. Allez, bientôt Coline se mariera et vous n'aurez plus de souci à vous faire pour elle. Soyez raisonnable, pensez à vous et tout ira bien. A votre retour, je vous donnerai tant d'ouvrage, je vous présenterai tant de clientes que vous ne saurez plus comment satisfaire leurs demandes. Vous gagnerez bien votre vie. Savez-vous que vous avez de l'or dans les mains ?

Madame Destrambeau s'arrêta dans un soupir. Elle ne savait plus que dire pour consoler la pauvre femme.

Quand Marie reprit le chemin de sa maison, sa pensée avait changé de direction. De toutes les bonnes paroles que madame Destrambeau lui avait dites, sa panique n'avait retenu qu'une phrase. La seule capable d'apaiser son désarroi. Elle devait marier Coline. C'était bien là la meilleure des solutions. Ainsi, enfin rassurée, elle se laisserait ouvrir le ventre et même, s'il le fallait, elle accepterait…

Dès le lendemain, et en toute occasion, Marie observa les jeunes gens qui allaient et venaient autour d'elle. Elle les soupesait et, dans l'urgence, dans l'angoisse qui la tenaillait, elle manigançait mille prétextes pour leur faire rencontrer sa fille.

« Je n'y arriverai jamais », se disait-elle.

Il lui semblait devenir folle. Sous certains regards, des bouffées de honte lui montaient au visage. Elle renonçait un instant puis reprenait son dérisoire et pitoyable manège. L'anxiété aggravait sa maladresse. Dédé *Langue de pute* ne s'y était pas trompé. Le temps pressait réellement.

Quand, fin septembre, Marie aperçut Coline en compagnie de Dieudonné, elle comprit enfin ce qui crevait les yeux depuis longtemps. Tout d'abord, elle se désola de cette rencontre puis s'en réjouit. La première lettre de Dieudonné lui ramena un peu de rose aux joues et lui assura quelques nuits sereines. Elle envisagea d'entrer à l'hôpital. Elle préparait ses affaires quand la deuxième lettre arriva. Inquiète, elle retarda son départ.

Le dimanche suivant, sur la place du village, *Langue de pute* lui lança :

— Tu crois avoir fait une bonne affaire en fourrant ta fille dans les bras de mon fils, eh bien, tu te trompes. Jamais ce mariage ne se fera. Parole d'honneur. Ce grand couillon n'a jamais été capable de décider de quoi que ce soit. Je n'ai qu'à dire un mot et il s'en ira la queue entre les jambes et si loin que personne ne le reverra...

A la troisième lettre de Dieudonné, Marie perdit tout espoir. Ce jeune homme était bien comme le disait son père.

— Jamais ce garçon ne t'épousera, dit-elle à Coline. Vois sa lettre, il est aussi franc qu'un âne qui recule. L'autre jour, son père m'a juré que jamais ce mariage ne se ferait. Et le fils est bien trop trouillard pour tenir tête à cette brute, comme à qui que ce soit, d'ailleurs. Jure-moi que tu ne le verras plus. Jure sur la Sainte Vierge ! Va, celui-là te rendra malheureuse même sans le vouloir...

Et Coline jura.

Pendant ce temps, le mal, lui, avait fait son petit bonhomme de chemin. Le lendemain, en urgence, Marie dut entrer à l'hôpital où on l'opéra séance tenante, mais le désordre était si grand qu'elle ne put en guérir, souffrit deux longs mois et, un matin, elle ne se réveilla pas.

Le jour même, Dieudonné revenait à Callian, en permission.

11

Coline sort de l'hôpital de Grasse sur des jambes tremblantes. Elle resserre son vieux manteau autour d'elle et le tient bien clos sur son ventre. Le front bas pour pénétrer le vent, elle avance droit devant elle sans prêter attention aux passants. Elle dépasse la maison de madame Destrambeau sans s'y arrêter et continue son chemin, un chemin têtu qui la ramène au-delà des gorges de Siagne, au cabanon de Gédéon.

Elle ne pense pas à sa mère. Enfin pas directement. Elle est follement soulagée, elle en crierait à tue-tête, à l'idée que la pauvre femme soit morte avant d'avoir remarqué un ventre et des seins qui enflent sous l'étoffe.

Elle ne pense pas non plus à la faiseuse d'anges ni à la maison des filles mères dont madame

Destrambeau, fine mouche, l'a entretenue plusieurs fois. Elle ne pense qu'à elle et un grand espoir lui fait presser le pas.

Le ciel est limpide et si plein d'étoiles qu'elle n'a aucune peine à atteindre le petit village de Saint-Cézaire perché là-haut tout près du ciel. Elle y arrive au petit matin, achète un pain et du fromage et repart en grignotant vers la Siagne. Les pluies trop rares n'ont pas encore gonflé le courant ni noyé le gué, elle n'hésite pas un seul instant et pénètre dans la rivière.

Par deux fois, elle a la tentation folle de se laisser emporter par l'eau glacée, de ne plus lutter, de céder au courant qui se presse contre ses mollets et de lui obéir jusqu'à la mer... Elle parvient de l'autre côté comme suspendue à un fil étonnant qui, toujours, lui fait mettre le bon pied sur la bonne pierre. Elle s'emmitoufle alors dans son manteau de laine et, de glace et de plomb, froide et lourde comme la douleur, elle s'endort dans un creux de sable sous le ciel blanc d'hiver.

Quand elle se réveille, le soleil bascule par-dessus la falaise et le premier rayon qui vient se poser sur elle la réchauffe, comme une consolation. Elle se lève, remonte le chemin en négligeant la main que l'ombre de Dieudonné tend vers elle, et court en direction du cabanon.

Elle s'assoit sur une chaise et tente de mettre de l'ordre dans sa tête. Hélas, quelle que soit la direction que prennent ses pensées, quel que soit l'endroit où se posent ses yeux, elle ne rencontre qu'amertume et grondements de terreur.

Une seule lueur, fragile comme un fil étiré entre deux branches de cade, donne un peu de couleur à ses joues pâles : Dieudonné est en permission et elle doit aller le voir.

Elle se lève et se dirige vers La Sourgentine. Elle en aperçoit déjà le large mur, le tilleul et la longue treille quand une grosse voix en s'élevant manque de la faire tomber à terre :

— Merde alors ! Elles sont donc revenues, les punaises !

A gauche d'un grand pin, se découpe la silhouette de Pépé Vitourin. Celui-ci voit la jeune fille sursauter et, comme pour parfaire sa bonne blague, il fait glisser la bretelle de son fusil et met en joue de sa seule main :

— Pan, pan !

Puis il s'éloigne vers son poste de chasse en riant très fort.

Coline revient précipitamment chez elle mais elle ne désarme pas pour autant. Maintenant qu'elle l'a traversée, elle ne peut plus se laisser aller dans le courant de la rivière, il lui faut serrer les dents et avancer tout droit, jusqu'au bout, jusqu'à la fin. Assise sur sa chaise, elle attend patiemment de longues heures, jusqu'à ce que l'ombre vienne. Elle reprend alors le chemin de La Sourgentine, s'approche sans bruit de la maisonnée endormie et s'accroupit sous la fenêtre de son amant.

Elle l'appelle doucement et sa voix a l'inflexion de la prière. Elle l'appelle encore et encore d'une voix qui s'étiole au fur et à mesure que passe le temps. Nul ne répond : qu'importe, elle recommence encore. Elle se sent capable, s'il le faut, de l'appeler ainsi, à croupetons sous les volets clos, jusqu'à l'aurore…

Soudain, enfin, elle entend un bruit et, libérée, exaucée, elle bondit joyeusement sur ses jambes. Les volets claquent, la fenêtre s'ouvre et un visage apparaît entre les deux battants :

— Fous le camp de là, pute et fille de pute, gronde Dédé.

— Je voudrais parler à Dieudonné, ose-t-elle supplier tant la chose est importante.

Dédé n'est pas de ceux qui haussent le ton et font des éclats, il susurre :

— Il n'est pas là. Il a même si peu envie de te voir qu'il est parti passer son temps de permission ailleurs, là où il ne risque pas de te rencontrer !

Puis, tel un serpent, il s'approche pour mieux sonder le visage navré qu'un rayon de lune éclaire à peine. Son nez se plisse :

— Dis-moi voir, tu ne serais pas venue pour lui faire le coup du bastardon par hasard ?

Et comme Coline, sidérée, ne répond pas :

— Va, je les connais bien toutes vos putaineries. File ou bien tu vas avoir affaire à moi !

Quand un peu plus tard Coline reprend ses esprits, elle comprend qu'il lui faut fuir, fuir au plus vite. Elle fouille précipitamment dans le vieux buffet, prend la pochette où Marie rangeait ses papiers, deux billets de banque et quelques linges. Elle décroche un vieux sac, y fourre quelques affaires, y ajoute des provisions, une aiguille et du fil.

Plutôt qu'une lourde couverture, elle prend son petit couvre-pied de satin rose. Rien n'est prémédité, elle saisit ce qui est à la portée de ses yeux affolés. Elle fait un dernier tour sur elle-même pour s'assurer qu'elle n'a rien oublié d'essentiel quand elle aperçoit, accroché au plus haut du mur en planche, le fusil que sa mère a acheté pour tenir tête à Pépé Vitourin. Elle met le pied sur l'anneau de fer que Gédéon a scellé dans le mur afin d'y attacher sa chèvre. Elle y pèse de tout son poids en levant un bras… L'anneau se descelle et une pierre cède. Coline, prudente, pose pied à terre, enlève la pierre pour reprendre appui dans la brèche ainsi ouverte. Un bout de ficelle blanche qui dépasse de la trouée attire son attention. Elle se baisse, tire sur le fil et fait venir à elle une boîte de métal. Elle l'ouvre : c'est le trésor de Gédéon, pas grand-chose, trois billets enveloppés dans un papier de journal.

12

L'air est frisquet mais le ciel s'annonce bien clair quand Coline, le fusil en bandoulière, ferme la porte du cabanon. Elle ne sait pas où elle va, elle part comme le lui recommande son instinct. La dernière petite lueur d'espoir s'est éteinte à minuit sous la fenêtre. En passant devant La Sourgentine encore assoupie, elle entend très clairement la voix de sa mère :

« Celui-là te rendra malheureuse même sans le vouloir. »

Elle arrive à la croisée de la route et du chemin. En bas c'est la ville, ses gendarmes et les gens curieux qui vous dévisagent, en haut c'est la peur, la solitude mais l'unique moyen d'échapper, peut-être, à son cauchemar.

Elle se dirige sans hésiter vers les montagnes plus désertes, plus escarpées, plus secrètes et tant pis si elles sont aussi neigeuses et froides.

Elle marche d'un bon pas. Par-dessus son manteau de laine elle a jeté la vieille cape de sa mère. Le chargement qu'elle porte sur le dos tire douloureusement ses épaules en arrière mais ce n'est rien, elle est jeune, dix-sept ans à peine, et solide. Elle y arrivera bien.

Où ? Elle ne le sait pas. Il faut tout d'abord qu'elle s'éloigne et qu'elle se cache. Après, on verra. Une chose après l'autre, disait toujours sa mère.

Venus de la montagne, des rouleaux de brume descendent silencieusement se mêler à la cime des arbres et le ciel perd d'un seul coup sa lumière. Coline baisse la tête et continue. Au carrefour du Clos des Ambus, elle dépasse la route qui monte vers Mons sans s'en apercevoir. Celle qu'elle poursuit, blanche et fumeuse, n'en finit plus de fuir devant elle, Coline s'y enfonce frileusement comme l'oiseau pénètre dans un nuage. Quand elle distingue la tache opaque qu'un poste de chasse dessine à travers les premiers branchages, aussitôt, elle s'y réfugie.

L'endroit est paisible et presque confortable. Coline s'installe sur une pierre et sans attendre, elle saisit l'ourlet de sa robe pour y coudre les billets dans la toile ainsi que le faisait sa mère. Ensuite, elle croque une poignée de pâtes crues, regrette de n'avoir rien à boire, s'emmitoufle dans la pèlerine, laisse aller sa tête contre le treillis de branches jusqu'à ce que le sommeil l'emporte.

Lorsqu'elle se réveille, la brume a disparu et la surface grise de la route se voit clairement entre les ramures dénudées des chênes. Une route qui paresse indéfiniment sous un ciel gris, presque noir. Les cimes glacées des grands pins l'accablent de leurs bruissements lugubres et la pressent de leur ombre funeste. Bien qu'elle n'ait pas de but et pas de chemin, elle se sent perdue et se précipite en avant pour échapper à leur étreinte. Plus loin, elle prend une route bordée de grands champs mornes qui monte vers des montagnes dodues comme des ventres de géants. Plus loin encore, alors qu'il se met à pleuvoir, elle voit un chemin monter sur sa gauche et dans le lointain briller une lumière, la seule qui brillât ce soir-là sur la terre tout entière. Elle s'y engage, vaincue, prête à rendre les armes.

Le chemin pierreux et crevassé monte fort mais la petite lumière clignote encore et Coline avance vers elle comme les bergers suivent leur étoile. Elle en est à mi-course quand la pluie se met à tomber en rafales et qu'une bourrasque soudaine lui dérobe son bref paysage. La lumière, sa seule lumière, s'est éteinte sans laisser de trace. Coline se fige et n'ose plus faire un pas.

« *Ô Saintes Maries, qui pouvez en fleurs changer nos larmes, inclinez vite l'oreille devers ma douleur*[3] », disait Mireille.

Coline reprend courage, avance encore et encore. Ce chemin mène bien quelque part ?

— Quel que soit l'endroit où il m'emmène, ce sera bien, prononce-t-elle à haute voix.

Plus loin, elle frôle une bouscatière, un petit bûcher protégé d'une large tôle. Elle se glisse à l'abri de ce morceau de toit.

— Eh bien voilà, se rassure-t-elle.

Comme le tas de bois n'est pas bien haut, pas plus haut qu'elle, elle y dépose son sac et son fusil. Un peu plus tard, lasse, si lasse, et tremblante de froid et de tant d'autres choses encore, elle se hisse jusqu'à son faîte, s'allonge sur les bûches et s'enveloppe dans le couvre-pied de satin rose.

Coline dort encore quand un petit matin mouillé et brumeux, boueux et transi s'annonce. Elle ouvre un œil et regarde autour d'elle. A sa droite il y a une minuscule maisonnette toute simple avec une porte, une seule fenêtre et un petit appentis sur le côté droit. C'est un minuscule cabanon de pierre dont le faîtage s'affaisse en allant d'un côté à l'autre du toit. Déjà la cheminée lâche un ruban de fumée odorante.

Coline s'apprête à descendre de sa cachette quand les volets de la fenêtre se rabattent brusquement. Une femme ouvre la porte de la maisonnette et vient vers elle, plan-plan.

Marie-Thérèse Ugolini, Marité, est une veuve de la Grande Guerre, l'avant-dernière. Elle n'a pas plus de soixante et dix ans mais son visage, lui, labouré comme un champ d'automne et taché de flaques de soleil, paraît avoir mille ans. Sa bouche privée de dents a perdu ses lèvres et se creuse sous son nez en soulevant son menton. Ainsi que l'eau d'un puits, ses yeux bleu porcelaine miroitent au creux des arcades sourcilières.

Marité a un caractère si désagréable, si peu conciliant que de vivre seule lui convient parfaitement. Même si elle est, à présent, misérable et percluse par les douleurs, au moins est-elle maîtresse chez elle et c'est bien là le principal. Le travail l'éreinte bien sûr mais, Dieu garde, du travail, elle en a toujours eu par-dessus la tête. Du temps de son père comme du temps de son époux, elle a sans cesse trimé et reçu des coups tout autant qu'un âne.

Aujourd'hui, pour lui tenir compagnie, elle a un poste à transistor. Un poste qui ne gueule pas, ni se saoule, ni lève la main sur elle mais qui chante des chansons douces et lui donne des nouvelles. Des nouvelles d'un monde qu'elle imagine extraordinaire avec des arbres bleus, des maisons rondes, un ciel orange peut-être ? Elle ne conçoit pas qu'un ailleurs puisse avoir la même apparence que son petit hameau de Saint-Marcellin. Ailleurs n'est qu'un monde confus et fantastique qui a avalé ses enfants un par un. Tous partis : pour le Mexique, pensez un peu, l'Australie ou l'Amérique... sauf Adrien...

Adrien, c'est son dernier, son petit, celui qui est resté le plus longtemps et le plus tendrement accroché à ses mamelles. C'est un grand imbécile qui a voulu faire la guerre alors qu'il n'avait plus à la faire puis qui est parti dans un maquis qui aurait bien pu se passer de sa présence. Malgré ses presque quarante ans et sa taille de géant, Adrien, son petit garçon à elle, est revenu de toutes ces stupides batailles blessé à mort, blessé à vie, à l'endroit où la nature fait d'un homme un homme et depuis...

Cela fait trente-quatre ans que Marité pleure ses enfants et remercie le Seigneur de l'avoir faite veuve. Tant qu'elle en aura la force, elle fendra son bois et bêchera son jardin, ensuite... ensuite, qu'importe... elle fermera sa porte un beau matin.

Quand Marité s'approche de la bouscatière, elle aperçoit tout de suite le pan de courtepointe rose. Elle ne ralentit pas, elle ne frissonne pas, elle avance plan-plan. Une touffe de cheveux frisottés dépasse du satin ainsi qu'une semelle de soulier mais la bosse que forme le corps est si légère que, pensant qu'il s'agit d'un enfant, elle n'élève pas la voix :

— Eh bé, que fais-tu là, petit, à réchauffer mon bois ?

Elle dit cela en provençal car elle ne connaît pas d'autre langue, puis elle soulève la courtepointe.

Assise devant la cuisinière à bois qui l'enveloppe d'une chaleur étouffante, Coline frissonne encore.

— Tu as de la fièvre, dit Marité.

Coline brûle d'une autre fièvre plus terrible encore.

— A présent, viens te coucher !

Le ton est rude et sévère et Coline sursaute. Cette femme doit avoir le cœur aussi impitoyable que la voix. Elle se couche tout habillée dans le lit blanc et fait semblant de s'endormir. Mais quand elle entend Marité ouvrir la porte :

— N'allez pas chercher le docteur, je vous en prie ! hurle-t-elle.

Marité arrête son geste et la dévisage :

— Le docteur ? Et pour quoi faire ? Vé, petite, je ne sais même pas où il perche le faiseur de morts ! Je m'en vais ouvrir la porte aux poules.

Coline, rassurée, laisse retomber sa tête brûlante sur le coussin.

Un peu plus tard, pour lui ôter la fièvre, Marité

s'installe à la table, met de l'eau dans une assiette, y dépose le toupin et entre en prières. Quand l'eau monte dans le toupin et que Marité achève de marmonner entre ses lèvres, Coline se sent miraculeusement soulagée. Elle veut se lever, met un pied à terre, l'autre, fait un pas, voit la terre se renverser sous elle et glisse par terre.

Marité accourt soutenir la petite et la recoucher. Pour ce faire, elle la dévêt, voit le ventre rond et, sans mot dire, le recouvre de la lourde toile.

Coline ouvre la bouche pour s'expliquer, pour mentir, mais Marité ne la laisse pas faire :

— Tut, tut, petite, surtout garde ton secret ! Vé, après tout ce que j'ai vu et tout ce que j'ai entendu tout au long de ma pute de vie, tu n'arriveras pas à me surprendre.

Elle se remet à écosser les fèves :

— Plus tard, si l'envie te prend de parler pour parler, tu me diras ce qui te plaira et jamais je n'irai m'enquérir pour savoir si c'est la vérité car la vérité ne m'intéresse pas.

Elle allume son transistor et, tout en laissant flotter sa tête, elle fredonne entre ses lèvres.

13

Marité n’a pas demandé à Coline qui elle était ni d’où elle venait. Elle va balin balan d’une chose à l’autre, discrètement ou impassiblement, on ne peut pas savoir.

Le soir tombé, alors qu’elles sont assises côte à côte devant une soupe de fèves, Marité demande :

— Tu veux rester ici un petit peu ?

— Oh oui, si vous le pouvez, répond Coline, mais je vous paierai et je travaillerai.

— Et après où iras-tu ?

— Après ? Je ne sais pas.

Quand la soupe est avalée :

— Les gens d’ici ? questionne Coline.

— Il n'y a plus que deux feux, en comptant avec moi. Laisse-moi faire, tu verras...

Le jour suivant, tard, on frappe à la porte et deux hommes, deux femmes et quatre enfants entrent tous ensemble et saluent :

— Celle-là c'est la petite que Pascal, mon cousin, m'envoie parce que je ne me sens pas très bien.

— Pascal d'Aix ?

— Celui-là.

Les hommes et les femmes s'installent autour de la table et les enfants s'assoient par terre. Les hommes et les femmes distribuent les cartes et Marité demande aux enfants :

— Cela vous ferait plaisir si je racontais une histoire ?

Ils ne répondent pas, ils sont venus pour ça. C'est si inattendu que Coline s'émerveille. C'est une histoire d'autrefois, vieille comme le monde et que l'on raconte quand les nuits sont longues et que le sommeil tarde. Marité est une conteuse qui aime inventer les histoires et c'est pour cette raison que la vérité ne l'intéresse pas. Quand elle commence, les hommes arrêtent de jouer à la quadrette et les femmes regardent dans le vague. Le temps passe sans qu'on le voie...

Coline, ravie, sourit aux anges.

— Il y a longtemps, à Beaucaire, vivait une jeune fille que son père avait jetée hors de chez lui parce qu'elle attendait un enfant. Un enfant sans père évidemment. Alors la malheureuse s'en alla pleurer tout au long du Rhône… Le Rhône, c'est un grand fleuve qui coule là-bas, on dit qu'il est rouge et noir et violent comme le mistral. (Je sais, murmure Coline mais personne ne l'entend.) … La jeune fille marchait sur les bords de la rivière en regardant avidement ses remous et ses tourbillons effrayants. Il avait tant plu les derniers temps que ses eaux augmentées de celles de la belle et folle Durance charriaient la terre des collines et les cailloux de ses flancs. Durant de longs jours, alors qu'elle allait et venait en pleurant, les pêcheurs, les passeurs, les bouviers et les pâtres l'entendaient se lamenter inlassablement. Ses sanglots étaient si puissants, si violents et si rauques qu'ils se mêlaient aux bourrasques de vent et partaient avec lui, tant et si bien qu'à Marseille on les entendait encore. « Une fille de la Crau pleure son amant », pensaient les gens. Mais un beau matin, la jeune fille disparut soudainement. Tout le monde à Beaucaire crut que la pauvre enfant s'était jetée dans les eaux boueuses qui, en passant, bondissaient sur les rives et s'agrippaient aux jambes des ponts… « Peuchère, elle est dans la mer à présent ! » Et quelques-uns éprouvèrent quelques remords peut-être… Sept ans passèrent puis un jour comme les autres, la jeune fille revint au village en tenant son enfant par la main. Tout le monde lui fit fête, même son père que le chagrin avait rendu moins méchant : « D'où viens-tu, si fraîche et si coquette ? » lui demanda-t-on. « Je viens du fond de la rivière où vit la Tarasque. Elle a voulu de moi pour nourrir à mon sein son enfant, le petit dragon. J'habitais au fond de l'eau dans une caverne superbe toute recouverte de la nacre des coquillages avec des lustres immenses et des meubles faits de perles grosses comme des grêlons. » Bien sûr, personne ne crut la pauvre enfant. Alors, le jour suivant, elle s'en retourna au bord du Rhône et...

— Je vous raconterai la suite la prochaine fois, dit Marité.

C'est la règle, Marité ne finit jamais ses histoires le même soir. Elle assure :

— Si je leur dis tout, ils ne rêveront pas.

Comme ceux des femmes d'autrefois, les yeux de Coline regardent dans le futur, vers un pays perdu que, miraculeusement, l'histoire de Marité rend un peu moins cruel.

— Moi aussi, j'en connais de pareils contes, dit-elle enfin.

Puis, pleine de gratitude, elle s'approche de la bonne vieille et lui serre les mains.

Le lendemain, Coline veut donner un billet de banque à Marité qui le refuse :

— Bonne mère, mais qu'est-ce que j'en ferais maintenant ? Autrefois, je ne dis pas... mais à présent ?

14

Quand son enfant est née au mois de juin, Coline l'a appelée Mireille et la vie a continué son chemin.

A chaque veillée, parfois Marité, parfois Coline raconte une histoire de fées ou de sorcières, de dragons, de pillards ou bien de la vie de tous les saints et les saintes de Provence, de Saint-Tropez, Saint-Trophime, sainte Marie Madeleine ou saint Honorat... Et, ainsi, passe doucement le temps.

D'autres fois, à Marité seulement, Coline parle de son enfance, de sa mère et du bord de la rivière :

— Vous êtes mon dragon à moi, dit-elle en embrassant la vieille femme.

Coline fend le bois et retourne la terre du jardin. Elle court aussi sur le bord de la route quand le boulanger passe. Elle ne ménage pas sa peine, la peine du corps ne vaut rien.

Le soir, elle se souvient et se demande quand, enfin, elle ne se souviendra pas.

Lorsque l'enfant a un mois :

— Tu ne pars pas, dis ? lui demande la bonne vieille.

— Jamais je ne partirai si vous ne me chassez pas, répond Coline. Vous êtes si bonne, ajoute-t-elle.

— Je ne suis pas bonne, fan de pied, entends-tu ! C'est seulement qu'à force de vivre ma vie j'ai appris à la vivre sans qu'elle prenne trop de place. C'est pas plus compliqué que ça.

A chaque printemps apparaît Adrien. Le grand Adrien. C'est, dit Marité à Coline, un loup des montagnes et des bois, un dormeur à la belle étoile, un migrant, un oiseau de passage. Il va et vient et ne tient pas en place, jamais sur les routes toujours dans les chemins, sa cape sur l'épaule, son bonnet sur les yeux et le menton dans son col. Braconnier, contrebandier, messager, nomade furtif et clandestin.

C'est un troubadour, avoue-t-elle enfin. Un pauvre enfant que la guerre a blessé affreusement.

Il chante dans toutes les fêtes de l'Italie jusqu'au Rhône, des Alpilles jusqu'à la mer.

Il chante alors qu'il aurait aimé pleurer indéfiniment.

La première fleur de safran qui s'ouvre au bord de la route voit revenir Adrien qui aime passer l'été dans les montagnes. Il s'arrête alors chez sa mère qui lui offre à boire. Il s'assoit près d'elle mais ne parle guère. Il regarde toujours au loin comme s'il n'y avait de lumière que là-bas.

Mireille a trois ans quand Marité tombe malade. Elle maigrit et se recroqueville doucement sans que l'on sache pourquoi.

— Qu'allez-vous devenir quand je serai morte ? se lamente-t-elle.

Elle ne pense jamais à elle, toujours à Coline d'abord, puis à Mireille.

— Dans un an, je serai majeure, la rassure Coline en lui caressant la main. Alors je pourrai aller où il me plaira. J'aimerais revenir en Avignon où j'ai passé mon enfance et reprendre le métier de couturière que faisait ma mère. Mais, n'ayez crainte, je ne partirai pas avant que vous ne soyez allongée bien au chaud au milieu de la soie.

— Espérons qu'Adrien viendra bientôt me voir.

La semaine suivante, par miracle, le grand Adrien passe :

— Viens ici t'asseoir, lui commande Marité en haussant la voix, j'ai à te parler.

Le grand Adrien s'assoit sans faire d'histoires.

— Tu vois cette petite et sa pichote, il faut que tu les emmènes avec toi. Mais sans te faire voir de personne, tu m'entends ! Elle est si jeunette qu'elle n'a pas de droit. Et puis tu la mettras au chaud dans un coin jusqu'au mois d'octobre. Du côté d'Avignon de préférence et tu t'assureras qu'elle ne manque de rien. Peux-tu faire cela pour moi ?

— La vie se fait dure, il y a du monde partout à présent..., mais je le ferai pour toi.

— Grand merci.

— Vas-tu mourir déjà ?

— Cela se pourrait bien.

Alors le grand Adrien pose sa lourde main sur les doigts crochus et maigres de sa mère :

— On a eu du bon temps, souviens-toi, avant-guerre.

— N'oublie pas ta promesse, dit Marité en détournant la tête.

Il est revenu bien vite, alors que les mimosas fleurissaient sur les chemins. En l'apercevant, Marité trouve la force de faire sourire ses yeux puis elle les ferme pour la dernière fois.

Adrien aide Coline à faire son bagage puis il met Mireille sur son dos, prend Coline par la main et tous trois s'en vont vers la mer qui miroite là-bas.

— Il me faut d'abord passer par Ramatuelle, dit Adrien.

— Allons-y, rien ne me presse, répond Coline.

C'est ainsi que l'enfant de Coline traversa les Maures sur le dos d'un géant.

Elle est brunette, vive, avec des yeux noirs et un bon regard.

— Elle ressemble à son père, a dit Marité en la langeant pour la première fois.

— Comment le savez-vous ?

— N'a pas de blé dans les cheveux ni de bleu sur les prunelles, si elle ne tire pas d'un côté c'est qu'elle tire de l'autre.

Et Coline avait pleuré en regardant l'enfant.

D'une main, Mireille s'agrippe à la tête d'Adrien, de l'autre elle désigne le paysage.

Les collines des Maures et leurs forêts calmes, brisées de grands pins, de barres blanches et de ruisseaux enfoncés au creux des ravins. De villages enroulés autour d'une église qu'ils protègent, de vallons aigus et de chemins pierreux qui toujours montent ou descendent mais jamais ne s'étalent.

Et puis la mer, la mer luisante et calme qui apparaît parfois.

Ils vont par des sentiers à peine tracés ou par les drailles des troupeaux au pied des barres de granit blanc. Ils passent au travers des garrigues peuplées d'épines et de fleurs sauvages. Le lentisque, le cytise, les nappes fleuries de thym et les genévriers ronds.

— Et les grappes d'or du caille-lait, les cônes bleus de la bourrache, dit Coline.

— L'euphorbe maligne – le lait de pute –, la lambourde magique, l'herbe aux ivrognes, l'anis suave et la fleur de Saint-Jean, dit Adrien.

Parfois, il raconte :

Dans mon village où rien ne manque,
on voit un chêne merveilleux
Avec tant de feuilles et de branches
que les autres en sont envieux[4]...

ou bien :

Sur la roche, au soleil,
Luit un trou d'eau. On dirait
le miroir d'argent qu'une fée
aurait perdu dans la bruyère[5].

Le soir, ils dorment sous la voûte d'un cèdre ou dans un repli de pierre, le matin ils passent dans un village pour acheter leurs provisions. Ils dînent dans l'ombre, près d'un ruisselet dont l'eau fluette glisse sur le vert des dalles. A l'aube, Adrien part à la chasse et en revient avec un lièvre ou un perdreau suspendu à sa ceinture puis il s'en va le vendre dans un mas. Parfois, il s'absente une journée et une nuit entière pour aller chanter dans un mariage, une communion ou pour une fête patronale.

Coline reste avec Mireille. Elle joue avec elle puis elle lui caresse la joue en disant :

— Pourquoi a-t-il fallu que le ciel te fasse ce visage ?

« Celui-là te fera malheureuse même sans le vouloir... »

Le soir, souvent, Coline parle de Marité et, pour Coline, Adrien se souvient.

— Elle était si bonne, ajoute Coline, même si elle prétendait le contraire.

— Peu à peu le malheur nous ronge les ongles et les dents, répond Adrien. Et du malheur elle en a eu plus que personne.

Ils arrivent à Sainte-Maxime au milieu du mois de mai 1955. Mireille galope devant eux sur le sable. Ils traversent Saint-Tropez un petit matin où l'on se prépare pour la Bravade prochaine. Mireille hurle de peur sous les salves et sursaute au son caverneux des tromblons.

Ils se rendent à Ramatuelle chez un ami

d'Adrien dont la vigne s'étale face à la mer. L'homme a deux fils dont l'un, Paulin, petit et brun, trouve Coline très belle.

Comme ce soir-là c'est la fête au village, toute la famille s'y rend dans une camionnette qui sent le moût et le raisin. Mais Paulin qui veut séduire Coline emmène celle-ci chez Tony, une ancienne petite maison de pêcheur de la plage de Pampelonne qu'un piano mécanique a transformée en guinguette.

Ils y dansent quelques valses... Mais un autre homme s'approche, balaye Paulin d'un regard, et emporte Coline dans ses bras...

15

Je revins de la guerre d'Indochine en juillet 1952.

Quand j'arrivai à La Sourgentine, il n'y avait personne. Pépé Vitourin, le seul qui aurait dû être là, était mort depuis six mois déjà, les autres moissonnaient sur une lointaine restanque. Je fis en hâte le tour de ma chambre et entassai en vrac dans un sac les affaires auxquelles je tenais encore, tant je redoutais que mon père ne revînt avant que j'aie fini de vider les lieux. Je savais que je ne réussirais pas à lui exprimer mon ressentiment par des mots et je préférais fuir avant que la violence, une violence vieille de deux ans, ne prenne la parole à ma place.

Avant de partir, je laissai un mot sur la table dans lequel j'expliquais que j'allais m'installer à Saint-Raphaël où m'attendait mon poste d'instituteur.

En arrivant sur le petit port de Saint-Raphaël, il me sembla qu'un monde nouveau se créait à l'instant pour s'offrir à moi. Rien ne me rappelait mes collines, ni même la couleur du ciel au-dessus d'elles. Plus que l'immensité de l'espace, c'était sa mouvance et sa lumière qui faisaient la différence.

A mes pieds étaient la mer et les barques colorées qui dansaient sur elle. Au loin, c'était le vent, le bleu sur le vert, l'infini du désert. Aucune représentation marine de mes livres n'avait su me laisser entrevoir l'extase que je ressentis à cet instant. Bien que le temps me pressât, je m'en rassasiai longuement tout en déambulant le long de la plage puis, affamé, j'achetai un pan bagna. En sortant de la boutique, quand il me fallut décider de ma route, un vent de liberté me souffla au visage. Je le ressentis intensément. Pour la première fois, personne n'attendait rien de moi. Ni famille, ni professeur, ni capitaine. Je pouvais m'en aller vers la droite comme vers la gauche, marcher jusqu'au lendemain ou bien revenir sur mes pas. Au lieu de me sentir solitaire, j'en éprouvai une profonde jouissance, sauvage, un peu rancunière. Je longeai le petit quai des

Pêcheurs en me régalant des clapotis de l'eau sous le flanc des barques. Plus loin, des dockers chargeaient le bois et la bauxite, et les ventres ronds des navires s'enfonçaient lentement. Je me fis la promesse qu'un jour je m'approcherais d'eux. Pour l'instant, le reflet des cordages sur l'eau mystérieuse me comblait et je gardai la tête basse en ne jetant que de brèves œillades vers la haute mer de peur de perdre le souffle si je la contemplais plus longuement. Tant d'espace donné et tant de liberté nouvelle pouvaient me faire perdre la raison. Plus tard, me disais-je, j'oserais regarder l'horizon. Demain, peut-être, je relèverais la tête.

Je parcourus vingt fois le petit quai, tout émoustillé par le vent sucré qui balayait mes cheveux en déposant sur mes lèvres un goût que je ne connaissais pas.

Enfin, j'acceptai de m'éloigner – la mer serait encore là demain. Mon cœur battit un peu plus vite quand j'arrivai devant l'école Anatole-France qui allait être la mienne. Mon directeur me souhaita la bienvenue et m'indiqua où se situait mon logement. Il était au nord de la vieille ville, dans une sorte de bastidon situé à proximité d'un minuscule champ de vigne oublié parmi les maisons. Il se composait de trois pièces et d'une cuisine minuscule, le tout meublé proprement. Je m'accoudai à une fenêtre. D'un côté flamboyait la terre rouge des collines d'Esterel, de l'autre, je voyais la mer.

Je passai les deux jours qui suivirent dans la même effervescence. Mon enthousiasme n'avait pas de fin. Etait-ce la nouveauté du paysage, était-ce mon indépendance, il me semblait respirer plus profondément.

Hélas, dans le secret de mes nuits, je retrouvais Coline au bord de la rivière et mon désespoir revenait, toujours semblable, lui, éternellement.

Ce fut le troisième jour que ma petite sœur, Pichounette Paulette, frappa à ma porte. Elle fit d'abord semblant d'être gaie et visita mon logis en s'exclamant joyeusement, mais cette comédie ne dura pas. L'imposture n'était pas son domaine. Elle s'assit devant moi et baissa les paupières :

— Je suis venue te demander si tu accepterais de me prendre chez toi.

Elle laissa passer un bref instant puis enfla la voix :

— Je ne peux plus rester à Callian ! Là-bas, c'est devenu l'enfer. Abel n'aime pas la terre et, va, elle le lui rend bien. Il n'y fait plus rien. Père en est malade. Il ne le dit pas, mais je sais bien que s'il en avait encore la force, il prendrait l'araire et s'en irait faire ses beaux sillons comme avant... Mais il ne le peut plus, alors il insulte Abel du matin au soir. Quant à notre belle-sœur, misère, tu la connais, c'est une de la ville et qui a honte de vivre dans une ferme. Je fais tout le travail et malgré ça, elle n'est pas contente…

Elle se calma et continua d'une voix plus sereine mais un tantinet cajoleuse :

— Père a dit que si tu le voulais bien, je pourrais rester ici avec toi. Mais ne t'inquiète pas, je gagnerai ma vie, je veux travailler dans un restaurant.

Paulette n'avait pas changé, en elle se mêlaient toujours rudesse et ferveur.

J'acceptai avec plaisir de la prendre sous mon aile tout en sachant qu'elle n'avait besoin de personne pour la guider dans l'existence. Elle me sauta au cou et planta sur mes joues deux baisers savoureux. Les mêmes qu'un jour, Coline me donna.

Le soir même nous fîmes ensemble une longue promenade au bord de la mer.

Elle s'accrocha familièrement à mon bras, alors j'osai lui raconter mon histoire.

Je commençai à la première page, à notre rencontre au bord de la rivière. Je ne lui fis grâce d'aucun détail. Je les lui dépeignis tous pas à pas : comment Coline m'accueillait en baisant ma joue, comment elle mettait sa main dans la mienne, comment elle soignait mes plaies les plus modestes en effleurant ma peau de ses doigts. Comment elle attendait tout de moi.

— J'avais, insistai-je, l'impression de lui être indispensable.

— Pourquoi pas ? répondit Paulette simplement.

— Tu sais, repris-je, le ciel peut témoigner qu'à ma première permission, pour retrouver Coline, je n'ai rien laissé au hasard. Quand, à mon arrivée, j'ai découvert le cabanon désert, je ne suis pas resté à la maison. Je suis allé partout, de la montagne jusqu'à la mer. Je couchais dans les fossés du bord des routes ou bien sur les trottoirs devant chaque hôpital. Pour rendre mes recherches plus efficaces, j'ai acheté une moto sur laquelle j'ai sillonné toute la région en interrogeant les passants. Lorsque enfin j'ai obtenu l'adresse de madame Destrambeau, j'ai repris espoir : « Effectivement, madame Muller m'a parlé de vous », m'a-t-elle dit. « Où est-elle ? – Elle est morte. – Et sa fille ? – Elle a disparu, peuchère. »

» Bien que j'insistasse avec fougue, je ne parvins pas à lui soutirer un mot de plus. En revenant à ma caserne, j'imaginais qu'une lettre m'attendait, puis que j'allais en recevoir une le lendemain, bientôt, plus tard. A chaque distribution de courrier, je défaillais à l'idée de ne pas entendre prononcer mon nom. J'espérais jusqu'à la fin, tendu comme un arc. Les mains vides, je retournais à mes occupations forcées comme si l'air manquait à mes poumons. Le reste du temps, il me semblait que mon être était partagé en deux comme celui d'une bête à l'abattoir. Une partie de moi-même rampait sur le sol tandis que l'autre, furieuse, dressée au-dessus d'elle, s'acharnait à la fouetter jusqu'au sang.

» Peu à peu, je n'ai plus attendu. Ni rien, ni personne. Dans ma chambrée – imagine le tour de force –, j'ai réussi à recréer le cocon de mon enfance et je m'y suis niché avec détermination. Personne ne m'aimait plus mais peu importait, j'en avais l'habitude. Ensuite, je me suis engagé pour l'Indochine. Moi qui ai toujours eu peur des voyages et des changements, cette fois-là, l'inconnu, la nouveauté m'était indispensable. J'étais fébrile en attendant mon départ. J'avais envie de me mettre en danger et d'en ressentir tant de peur qu'enfin celle-ci, éclatant au grand jour, pourfendrait ma carcasse et que j'en mourrais ou en guérirais définitivement. J'ai bien fait de m'engager. Là-bas, encore moins qu'ailleurs, rien ne me rappelait La Sourgentine ni le cabanon de Gédéon. Et la nuit, à tant souffrir de fatigue et de peur, je parvenais à ne plus me souvenir de rien. Si loin de tout, aucun bruit ne parvenait à m'atteindre, je n'avais même plus le loisir d'être face à moi. J'obéissais aux ordres et je tremblais sous les balles. Obéir et trembler, je l'avais toujours fait sans peine.

Paulette prit ma main.

— Sais-tu qu'une nuit elle est revenue ? C'est un bruit de volets qu'on ouvre qui m'a réveillée. J'ai entendu parler à voix basse sous ta fenêtre, je me suis approchée de la mienne juste à temps pour voir Coline qui partait en courant. Il était minuit passé... et le lendemain Pépé a annoncé : « Tron de Dieu, elles sont revenues, les punaises !

— Je sais », a dit le père.

Paulette soupira :

— Si j'avais su pour Coline... Pourquoi ne m'as-tu pas dit que tu l'aimais tant ? Pourquoi n'as-tu pas répondu à ma lettre ? J'aurais pu t'aider.

Je ne le savais pas moi-même et ne répondis pas.

Dès le lendemain, Paulette et moi, nous entreprîmes d'étonnantes recherches pour retrouver Coline. Nous passâmes un mois entier à consulter les annuaires et à interroger au téléphone tous les Muller de la terre, il y en avait des mille et des cents, mais pas un seul n'avoua connaître ma Coline à moi. De guerre lasse, je me rendis à Strasbourg. Au hasard des rues j'interrogeai mille personnes méfiantes ou charmantes... On me donna une adresse, une autre, une troisième et je suivis ces fils fragiles qui s'étiraient indéfiniment dans les dédales d'un labyrinthe parsemé de villages et de bourgades. Bien que j'eusse souvent l'impression qu'on se riait de moi, qu'importe, je continuai mes recherches. En vain. Ma tigresse, ma châtelaine, n'était nulle part. L'Alsace, tout entière liguée, me dissimulait Coline et sans doute qu'elle-même, complice et rancunière, se régalait de ce jeu cruel de colin-maillard.

Au premier octobre de cette année-là, j'entrai pour la première fois dans ma classe. Mes élèves, enfants de pêcheurs, s'asseyaient à leurs bancs en ramenant avec eux toutes les senteurs de la mer et de ses rivages. Ma haute stature les impressionna plus que moi-même.

J'aimais leur compagnie. Leur vitalité me distrayait et m'éloignait du réel. J'éprouvai pour eux une sympathie instinctive qui me permit d'entrer dans ma fonction avec aisance et conviction. D'où venait alors ce soupir de satisfaction qui s'échappait de ma poitrine quand, en fin de journée, ils s'éparpillaient dans les ruelles ?

Il me fallut entrer cent fois dans ma classe avant de m'apercevoir que je n'y étais pas à ma place. Que je faisais semblant. A la faveur de la liberté dont je bénéficiais enfin, mon esprit se permettait parfois de fulgurantes constatations. Des poussées de fièvre faisaient craquer ma coquille d'où s'exhalaient, en petits jets, des éclairs de clairvoyance bien qu'encore mêlés à des relents de confusion. Je rêvais d'autre chose, j'en étais sûr, même si je ne savais pas de quoi.

Dès lors, la gravité de ma mission et mon respect pour mes obligations durent se liguer pour me permettre de faire bonne figure dans ma classe. Mais je savais déjà que ce ne serait pas pour ma vie entière. Mon engagement vis-à-vis de l'administration n'était que de dix ans. De cette limite en deçà de laquelle je n'avais pas le loisir de changer d'orientation, de cette limite au-delà de laquelle je pourrais voir le monde à ma façon, je tirais la force nécessaire pour continuer, de bonne grâce, la tâche essentielle qui était la mienne.

Paulette avait trouvé une place de serveuse dans un restaurant et tenait en ordre ma maison tout en l'inondant de ses fous rires et de ses bavardages. Sous ses flots de questions auxquelles elle m'obligeait à répondre, j'apprenais à me laisser aller au confort moelleux des confidences. Quand je lui confiai mes doutes sur ma vocation, elle haussa les épaules.

— Laisse faire le temps, tu verras bien.

16

L'année scolaire s'achevait quand nous reçûmes une lettre d'Abel nous apprenant que notre père allait très mal. Nous devions sans attendre nous rendre à La Sourgentine pour le voir une dernière fois et pour participer dans le même temps à la donation-partage que celui-ci avait souhaitée en apprenant son état sans espoir.

Nous remontâmes dans nos collines le premier dimanche de juillet. Je suivis ma sœur jusque dans la chambre de mon père. Bien qu'amaigri jusqu'à en être méconnaissable, celui-ci me parut paisible. Je fis comme Paulette qui me précédait et murmurait quelques paroles réconfortantes en l'embrassant sur le front. Pour la première et la dernière fois. Sa faiblesse l'autorisa à ne pas nous répondre.

C'est en revenant dans la grande salle que je

ressentis un changement. Tous mes frères et sœurs étaient là mais lui n'y était pas. Il n'apparaîtrait plus jamais sur le pas de la porte. Voilà ce qui était palpable dans l'immédiat. Pour le reste, le temps saurait bien me dire un jour si j'y étais attaché d'une quelconque façon.

Vers onze heures, le notaire arriva. Nous transportâmes une petite table et des chaises que nous plaçâmes à côté du lit du malade. Le notaire s'y installa, étala ses papiers et attendit patiemment que nous soyons tous présents. Il commença alors un long discours dans lequel il s'efforça d'exprimer sans les trahir les décisions de mon père. A chaque fin de phrase, il se retournait vers celui-ci comme en quête de son approbation.

— Abel, commença-t-il, ne parvenant pas à faire convenablement fructifier la terre et rêvant d'être employé municipal...

— Cantonnier, murmura avec dégoût mon père depuis son lit de misère.

Tous les visages le regardèrent puis se détournèrent.

Mon père s'appuyait donc sur cette incompétence notoire et sur la fuite de tous ses autres enfants vers des métiers de fonctionnaire, pour se permettre de faire ce qui aurait été inimaginable autrefois. Il découpait la campagne de nos aïeux en morceaux. Puis il faisait appel à la tradition pour laisser néanmoins au fils aîné le droit de garder la maison familiale. La terre, elle, serait partagée entre les autres enfants ainsi que l'argent. Nous écoutâmes l'homme de loi parler des lots, tous d'égale valeur, tels que mon père les avait décidés. L'aîné choisirait le premier et ainsi de suite jusqu'au dernier. Le notaire se tut et nous regarda. Aucun de nous n'éleva la voix. Je jetai un coup d'œil vers Paulette, elle regardait par la fenêtre.

Le notaire énuméra enfin les lots : la maison, l'olivaie, la vigne, la plaine où l'on faisait le blé... Cela ne faisait que quatre lots et nous étions six. Je relevai la tête. Le notaire poursuivait :

— ... enfin l'olivaie de Gordes...

Je n'entendis pas la suite tant mon cœur battait à mes tempes.

Abel choisit de garder La Sourgentine entourée d'un jardin de quelques ares. Ma sœur aînée préféra les deux hectares d'oliviers, le facteur prit la vigne et la forêt. Le douanier opta pour la plaine des blés. Ne resta alors que la terre de Gordes partagée en deux parcelles. Je pris la première, Paulette la seconde. L'affaire était close. Le notaire attendit un moment en nous interrogeant l'un après l'autre du regard puis il se tourna vers mon père qui eut un mouvement du menton et ferma les paupières en signe d'assentiment.

Le notaire parti, les enfants de *Langue de pute* se retrouvèrent autour de la table familiale. Abel prit la parole pour annoncer qu'il avait obtenu du maire la promesse d'être nommé garde champêtre. Il nous expliqua ce revirement en démontrant que la terre n'était plus d'un si bon rapport que dans le temps et que les saisons devenaient bien capricieuses. La bastide sans terre lui convenait parfaitement. Les autres ne contestèrent pas plus longuement le déchiquètement de la propriété familiale. Ils avaient fait leur vie ailleurs. Ils avaient l'air de s'ennuyer. Les femmes couraient après leurs enfants. On soupa de bonne heure et chacun s'en retourna chez soi, excepté Paulette et moi.

Je voulais encore une fois voir notre terre. Je partis à travers le pré et les restanques. L'air était doux et je marchais dans le grand silence qu'amène le soir. Le silence d'un soir d'été où hommes et choses s'alanguissent après avoir souffert sous le feu du soleil. J'aperçus les vignes abandonnées lançant vers le ciel leurs sarments trop longs en signe de désespoir, les murets sales, les oliviers hirsutes, les blés chétifs que l'on ne faucherait pas. L'amertume m'étreignit : devant cette agonie lamentable, cette déchéance, mon père avait dû déjà mourir plus de cent fois.

Je poursuivis mon pèlerinage en avançant jusqu'aux premières restanques de Gédéon. J'avançai encore, le cabanon n'était pas loin. Je me dirigeai vers le taillis de cades d'où je guettais Coline autrefois pour découvrir la misérable cabane, porte béante et sans plus de fleurs aux fenêtres. Au milieu des immenses pins qui l'entouraient, elle ressemblait à une épave échouée dans le silence d'une tranchée abyssale.

Je ne la quittais pas des yeux : tous les repères de ma vie, ma mère, Coline, mon père, la terre de Sourgentine, ne seraient bientôt plus que d'autres épaves englouties au fond du gouffre de ma mémoire.

Je ne revins qu'à la nuit noire.

17

— Te rends-tu compte ? La terre de Gordes ! dis-je à ma sœur le lendemain matin.

Elle haussa les sourcils d'étonnement.

— La terre de maman ! insistai-je.

Elle tressaillit puis baissa les paupières.

Je saisis sur l'étagère un atlas de France et nous y cherchâmes la Provence puis le Vaucluse et enfin notre terre...

— Et si on y allait, pour voir ?

Deux jours plus tard, au petit matin, nous empruntâmes la route nationale en direction de Marseille. Arrivés à Aix-en-Provence, nous obliquâmes vers le nord pour traverser la Durance. Paulette s'exclamait à chaque virage puis elle exigea que nous nous arrêtions sur le pont de Pertuis pour pique-niquer au bord de la rivière.

Nous reprîmes notre route avec le même enchantement. Ce pays si lointain ressemblait au nôtre tout en étant différent, les villages se perchaient aussi mais sur des mamelons plus ronds, seul un détail les rendait uniques, leur clocher, leur château, la couleur de leurs murs, la forme de leurs pierres.

Nous escaladâmes le Lubéron à Cadenet et redescendîmes par Bonnieux non sans nous être arrêtés cent fois pour admirer le paysage. Nos cœurs battaient sans cesse, nous cherchions déjà à apercevoir notre village. On se chamaillait à propos d'orientation, on s'arrachait des mains la carte routière.

Là-bas, devant nous de l'autre côté d'une plaine majestueuse, s'élevaient les monts de Vaucluse. Je tendis le doigt :

— Regarde, c'est Gordes !

Un village doré sommeillait sur le flanc d'une colline verte et dans les derniers feux du soleil couchant. Je m'imprégnai de ce spectacle étonnant. Le village, tout entier fait d'ombre violette et d'éclats ocrés, semblait se travestir au fur et à mesure qu'arrivait le soir. Quand je le vis pour la première fois, le soleil illuminant son château et ses falaises le faisait forteresse. Quand je le regardai pour la dernière fois, les derniers rayons glissant sur ses toits le firent un village assiégé des imageries anciennes.

J'allais le quitter des yeux lorsque j'aperçus, cahotant sur la route en contrebas, une charrette qui allait balin balan. Je m'y attardai en imaginant voir ma mère assise sur le haut de son charreton et quittant Gordes pour s'en aller vers son destin. Elle avait dû passer par là. Je surpris Paulette qui, ignorant l'histoire de notre mère, regardait au-delà. Elle était si lointaine de mon propre émoi que je me promis de la lui raconter afin qu'elle en rêve avec moi.

Ma moto traversa la plaine en laissant tourbillonner des volutes de fumée et en assourdissant la campagne. Mais nous n'y pensions pas, nous grimpions vers un Eldorado que nous souhaitions à la mesure du vide laissé par la disparition de notre univers.

Nous escaladâmes deux petites rues droites et pentues et débouchâmes sur une superbe place. Le bruit de mon moteur fit se retourner les têtes des quelques villageois qui étaient là. Je garai mon engin et m'immobilisai soudain.

J'étais au pays de ma mère, à la source de mon histoire. Toute cette vue que j'avais devant moi lui avait été familière. Je me mis à aimer violemment ce village.

Paulette, elle, n'avait pas perdu de temps. Elle bavardait déjà avec une commère. Je m'approchai d'elles :

— Vous êtes donc les enfants de la petite Magali Imbert ? disait la brave femme. Bonne mère, qui aurait dit ça ?

Elle nous regardait, la bouche ouverte et en agitant la tête de gauche à droite. Puis elle héla un bon vieux qui passait par là. D'autres curieux approchèrent. On s'accouda aux fenêtres, on tendit l'oreille, on descendit des escaliers invisibles, on sortit un à un des maisons...

A présent, sur la place, tout le monde parlait en même temps. Une bonne vieille à qui il ne restait plus qu'une dent palpa mon bras et dit en chevrotant :

— Vé, la petite de Jeannot Pisou, elle a su faire un beau gars.

Paulette était aux anges, elle bavardait avec tout le monde à la fois. Nous expliquâmes que nous venions d'un village du Var, bien lointain mais bien proche quand même. La preuve en était qu'on parlait, à bien peu près, la même langue.

Les anciens, ceux qui avaient bien connu l'étameur et sa fille, nous entraînèrent vers le centre du village. Ils nous plantèrent devant un amas de pierres.

— Voilà, c'est ici que votre famille habitait avant que les Allemands ne fassent tout péter. Comme vous le voyez, il n'y a plus rien. Fan de misère !

Je regardai autour de moi. Juste en dessous, les

derniers coteaux grisonnaient de milliers d'oliviers frissonnants.

Je pris à part un homme qui ne parlait guère et je lui demandai :

— Mon grand-père possédait une campagne aux Esclapières, savez-vous où elle se trouve ?

— Pardi, les Esclapières, c'est tout à côté. Quand bien même, tout le monde ici connaît la terre de Jeannot Pisou pour y avoir tiré les sangliers ou attendu la grive. Vous ne pouvez pas vous tromper : il y a là-bas deux géants de pierre qui vous y attendent. Vous ne pouvez pas les manquer... Moi, on m'appelle André Icard.

Tout en bavardant, nous parcourions les ruelles. Revenus sur la grande place, le bonhomme m'indiqua la route des Esclapières. C'était celle que nous avions parcourue en arrivant. Je le remerciai chaleureusement. J'étais euphorique, mon cœur battait d'impatience. Je happai Paulette par le bras :

— Viens vite, la nuit arrive, tant qu'on voit encore nos pieds, il faut aller là-bas.

A peine sorti du village, j'enfilai sur la gauche le chemin à charrettes que m'avait indiqué le brave homme. Je roulais à petite vitesse en me demandant qui étaient les géants qui nous y attendaient, quand, comme surgi de terre, un bloc de rocher haut comme une montagnette me barra le chemin. Juste derrière, plus massif mais moins impressionnant, un autre montait l'arrière-garde.

— C'est là, m'écriai-je reconnaissant les deux géants de pierre dont m'avait parlé le villageois. Fan de lune, regarde comme ils sont beaux !

Je sortis de ma poche le relevé cadastral et entrepris de découvrir le début et la fin de notre terre. Mais je n'y parvins pas. Je me contentai donc de zigzaguer entre les broussailles en passant d'un olivier à l'autre, de monter, de descendre, d'admirer le paysage qui s'étendait en contrebas. Paulette me suivait docilement tout en invectivant les ronces. Soudain, devant nous, la pierre à nu prit la forme d'un gigantesque belvédère que nous escaladâmes. C'était une colossale vague de pierre blanche qui semblait s'être pétrifiée juste avant de se briser sur la mer d'oliviers qui était devant elle. Nous étions à son sommet et de là nous pûmes enfin avoir une vision entière de notre domaine.

La terre de l'étameur était à flanc de coteau et dominait la plaine du Coulon. Des restanques enchevêtrées, interrompues par d'énormes rochers, s'éparpillaient d'est en ouest au gré des tourments du vallon. Au plus haut, un cèdre superbe, évadé d'une forêt lointaine, allongeait ses longues branches comme un oiseau sur son nid déploie ses ailes. Les oliviers laissés sans soin depuis trop longtemps gémissaient sous leurs ramures broussailleuses. Ils étaient plus trapus que ceux que nous connaissions et semblaient manquer de terre pour faire grandir leurs branches et pour faire grossir leur tronc. La pierre grise et plate affleurait de toute part. Soit elle rampait au sol, soit elle s'élevait vers le ciel, superbe et grandiloquente. Les plus beaux exemples en étaient les deux gaillards dressés qui s'assombrissaient dans le crépuscule. Mais il y en avait d'autres tout aussi surprenants. La terrasse où nous étions, alanguie mais cependant tourmentée, ressemblait à une scène de théâtre. Le tout était dans un état lamentable. Les oliviers, durs à venir mais durs à mourir, agonisaient pourtant. Les pierres des murets éventrés éparpillées çà et là se laissaient entrevoir parmi l'herbe rude, la rue, l'euphorbe et les ronces. La garrigue avançait sournoisement en plantant ici ou là quelques jeunes chênes ou quelques déjà vieux cades. Depuis quand cette terre était-elle abandonnée ? Je ne cherchais pas à en faire le compte, j'examinais les vestiges des murets faits de pierres plates entassées à plat ou de biais. Je constatai qu'ils étaient différents des nôtres faits de grosses pierres. L'envie me prit de réparer mes murs sur-le-champ. « Mes murs, mes murs », répétai-je plusieurs fois.

La nuit descendait à grands pas. J'abandonnai donc provisoirement mon projet et galopais vers le plus trapu des géants de pierre dans l'intention de l'escalader quand j'aperçus une petite cabane bien nichée dans l'encoignure d'un rocher. La stupeur me pétrifia.

La cabane de berger de Gédéon semblait m'avoir suivi en catimini et s'être blottie là pour me surprendre comme dans un jeu de cache-cache. Je m'en approchai. A vrai dire, ce n'était pas tout à fait la même. Celle-ci, à la fois plus sommaire et plus élégante, était composée de pierres minces empilées comme des livres sur une table. Il y en avait des milliers, belles, larges et profondes qui, toutes ensemble, formaient un abri sans faille. Je me glissai à l'intérieur et y trouvai les traces des chasseurs. Une niche ménagée dans l'entassement des pierres attendait un casse-croûte, une lampe ou un autre trésor. Je m'assis sur la dalle toute lissée par des milliers de culottes de fervents de la retirée et m'apprêtais à rêver un peu au temps où je gardais les chèvres de Pépé quand le silence merveilleux éclata :

— Alors, tu viens ? Cette tron de Dieu de campagne est plus touffue qu'un balai ! Je ne sais plus où je suis. Allez, zou, on se recampe. D'ici demain, rien n'aura changé mais, au moins, on y verra plus clair !

J'abandonnai mon rêve à son commencement et escaladai le dos lisse du gardien de pierre pour faire signe à ma sœur :

— Viens me rejoindre, j'ai trouvé une chambre avec tout le confort, viens vite !

Elle arriva en ronchonnant et protesta à l'idée de dormir sur le sol de la cabane. Mais je tins bon.

Jamais je ne m'en irais dormir dans une auberge, assurai-je, alors que j'avais déjà un toit bien à moi.

— Qu'en sais-tu ? Cette cabane est peut-être sur MA parcelle. Hors d'ici, galapiat !

J'éclatai de rire en même temps qu'elle. J'acceptai alors d'aller chercher dans la poche de ma moto le reste de nos provisions ainsi qu'une large bâche. Je lui tendis le pique-nique et installai la bâche sur le sol de la cabane.

— Assis-toi là et ferme ton bec.

Elle dédaigna ma proposition pour s'installer sous un olivier, et mordit dans son pain.

— Je ne te dirai pas ce que j'ai trouvé en rôdant de-ci, de-là, mais je m'en vais te dire ce que je n'ai pas trouvé.

Je haussai les sourcils en signe de curiosité.

— Je n'ai pas trouvé un seul centimètre carré sans une pierre ! Ce n'est pas une terre dont on a hérité mais un clapier !

Elle rit à pleine gorge et son rire m'agaça.

— Figure-toi que chez nous c'était pareil avant que nous-mêmes mais aussi notre père, Pépé, le père de Pépé et tous les autres les ramassent une à une. Tu le sais bien ! Mais sans doute que l'étameur préférait courir les routes que s'occuper de sa terre.

Je laissai passer un instant avant d'ajouter :

— Moi, je le ferai.

— Bon courage, me lança-t-elle avant d'aller s'étendre dans la cabane.

Je continuai à rêvasser à son côté quand elle murmura :

— Tu ne me demandes pas ce que j'ai trouvé ?

— Quoi donc ?

Elle se fit prier un bon moment avant d'avouer :

— Une petite source ! Toute fluette et toute mignonne. Elle ne coule pas, bien sûr, mais elle mouille encore le rocher en plein mois de juillet ! Ne te réjouis pas trop vite, je suis sûre qu'elle aussi est sur MA parcelle… Bonsoir !

18

Durant cette nuit-là, je ne dormis guère. Les yeux grands ouverts, adossé au mur de ma cabane, je fis volontairement et pour la première fois de ma vie un retour vers mon enfance. Etait-ce parce que j'avais retrouvé le pays de ma mère ?

La petite Magali... Les gens d'ici se souvenaient d'elle. Je m'en sentis ému bien que ce soit bien naturel.

Je me souvins en vrac de ses jupes, de ses allées et venues, de sa voix peut-être. En ce temps-là, j'avais six ans et je commençais à garder les chèvres, je ramassais les pierres dans les champs, je m'abritais dans la cabane en pierre de Gédéon. La similitude, ce recommencement me fascina. On eût dit que cet héritage m'était tombé du ciel pour m'obliger, pour m'aider à remonter le temps.

Quand j'étais petit garçon… Je fermai les yeux pour mieux revenir en arrière. Quand j'étais petit garçon… Je m'aperçus dévalant les restanques comme si le diable me courait derrière : arriver à l'heure, ramener toutes les chèvres, les traire proprement. J'avais toujours la crainte de mal faire.

Est-ce pour cela qu'on m'appelait le grand couillon ? Faisais-je réellement tout de travers ou bien tremblais-je seulement à l'idée de mal faire ?

Je tremblais seulement. C'était certain. Des larmes de rage envahirent mes paupières.

« Dieudonné fera l'instituteur. »

J'avais ri. Peut-être pas en étirant la bouche et en montrant mes dents, mais j'avais ri à l'intérieur. Comme d'une galéjade.

Je m'allongeai enfin à côté de ma sœur et fermai les yeux, bien décidé à en rester là. Il y avait une époque moins lointaine, plus vivace, dont je ne voulais pas me souvenir. Surtout pas ce soir.

Je m'assoupis un instant ou longtemps, je ne sais pas, le sommeil ne laisse pas la mesure du temps. Quand je m'éveillai, il faisait nuit. Je redoutais ces éveils nocturnes qui apportent toujours une lucidité effrayante comme si l'obscurité était leur domaine.

Bien entendu, comme je le craignais, Coline apparut et, bien que cela me fît saigner le cœur, je me résignai à faire un petit bout de nuit avec elle. Que je le désire ou pas, je la retrouvais toujours au même endroit, au bord de la rivière... Ce jour-là, elle était soucieuse, inquiète et moi, je n'avais pensé qu'à moi. Comme je le fis jadis, je l'abandonnai encore une fois à sa peine. C'était une mesure d'urgence, un geste de salut. J'étais certain que si j'allais plus loin, je finirais par mourir de remords et de chagrin. Je la laissai à ses larmes et m'éloignai volontairement. Je m'obligeai à revenir deux mois plus tôt, au temps où elle était gaie et confiante. Elle me tendait la main ou s'appuyait à mon bras. « Pourquoi n'as-tu pas le même accent que ta mère ? » lui demandai-je. « Parce que j'ai grandi en Avignon », me répondit-elle...

Je vis le soleil se lever. Pas seulement apparaître mais aussi battre des paupières, éteindre les étoiles puis s'étirer et mettre l'œil à la fenêtre. Quand il passa l'horizon, le ciel s'empourpra de contentement.

J'étais assis devant la porte. A quelques pas de moi, il y avait une pierre parfaitement semblable à celles qui composaient la cabane. Je la saisis et la palpai, les yeux dans le vague. Je la soutenais d'une main et la caressais de l'autre, elle était lourde mais docile pourtant. J'époussetai de mon souffle et de mes doigts ses formes en creux et en relief. Elle était belle. Je frappai dessus à petits coups, elle résonna sur deux tons, puis sur trois. Je me levai et lui rendis la position qui avait dû être la sienne autrefois. C'était tout au sommet de la cabane. Elle s'emboîta sans peine parmi ses sœurs et sembla heureuse d'avoir retrouvé sa place.

Les premiers rayons effleurèrent la cime des oliviers tandis qu'au même instant la plaine du Coulon, terre, maisonnettes et feuillages, disparaissait sous une courtepointe de brume blanche.

Je parcourus au hasard les restanques, le cœur plein d'un trouble étrange. Arrivé au plus bas, je rencontrai des oliviers labourés et taillés. Je n'étais donc plus chez moi. Je m'en retournai et de là, je contemplai ma terre : là-haut les géants de pierre veillaient sur la campagne tandis que la vague blanche condamnée à ne jamais se jeter sur son océan semblait être figée jusqu'à la fin des temps.

Condamnée à ne jamais se jeter sur son océan. Condamnée… Cet élan sans achèvement ressemblait à mon existence. Comme cette vague, je resterais figé, paralysé par cette incessante accusation de moi-même par moi-même, pétrifié… Jusqu'à quand ?

Dès potron-minet, Paulette repartit à la conquête du village tandis que je consacrais mon temps à déterminer les limites de nos parcelles. Elles se suivaient et s'en allaient bien loin vers l'est en épousant les turbulences du coteau pour se finir au sud par une forêt de chênes, de pins et de bruyères. J'étais rassuré, les géants et la cabane en pierre faisaient assurément partie de mon domaine.

Nous partîmes pour Saint-Raphaël à la nuit tombante.

— Sais-tu pourquoi on appelait notre grand-père Jeannot Pisou ? me demanda Paulette en poussant la porte de notre appartement.

— Non.

— Parce que quand il était petit, il faisait toujours pipi dans sa culotte tant il était paresseux pour aller le faire au bon moment. Sa mère passait son temps à lui courir derrière en lui demandant : « Jeannot ! Pisou ? » Paraît même qu'à vingt ans, il lui arrivait encore de mouiller ses brayes ! C'était aussi un fervent du Cercle républicain où il aimait à faire des grands discours et boire comme un trou de sable. En fait d'étameur, il était surtout un révolutionnaire jusqu'à midi et un poivrot jusqu'au soir, mais assurément pas un paysan.

— Et sa fille, maman ?

— Paraît qu'elle était bien sage, pauvrette, m'a dit la boulangère.

19

Les vacances ayant fermé les portes de mon école, je m'ennuyais ferme à parcourir de long en large la ville et les bords de mer de Saint-Raphaël. Je pensais sans cesse à ma terre. J'en avais relevé le plan à plus grande échelle et je me régalais à y dessiner l'emplacement des murets existants, des oliviers et de toutes les sortes d'escarpements et de terrasses que j'avais remarquées, sans oublier, bien sûr, ma cabane et les gaillards de pierre. Mais ma mémoire avait oublié mille et un détails et j'enrageais de ne plus savoir.

N'y tenant plus je décidai d'y retourner en partant avant l'aube pour en revenir avant la nuit afin de ne pas laisser Paulette seule trop longtemps. Je fis cette fois le voyage en ligne directe sans plus m'attendrir sur les beautés du paysage.

Je commençai ma journée en laissant traîner mon regard sur la plaine du Coulon, limpide ou brumeuse mais toujours superbe. A ma droite les géants de pierre avaient les yeux fixés sur moi. L'un semblait doux et affable, l'autre plus élancé était vraiment trop fier. Je me mis au travail. Mon plan à la main, je rectifiai les largeurs des restanques, ajoutai un détail, enfin j'abandonnai mon plan au hasard d'une broussaille et commençai à ramasser une pierre, puis deux, puis trois...

L'été tout entier se passa ainsi. Nettoyer ce petit bout de terre était devenu une tâche essentielle. Comme si elles avaient été des aimants propres à détecter les pierres, mes mains frémissaient à leur approche et jouissaient à leur contact. Elles travaillaient sans moi. J'étais absent de cette passion, à vrai dire, je n'étais nulle part, mon plaisir prenait toute la place.

Quand, enfin, je regagnais mon logis, Paulette m'assourdissait d'anecdotes concernant quelques clients « rigolos », selon son mot favori. Elle pétillait comme une coupe de champagne et répandait la gaieté tout autour d'elle.

En octobre, je repris le chemin de mon école avec beaucoup de peine. Chaque fois que j'ouvrais la porte de ma classe, il me semblait n'y faire entrer qu'une partie de moi-même tandis que l'autre, assise là-bas dans la cabane, attendait que je revienne.

Cette année-là, une nouvelle institutrice, Jeanne, avait été nommée à l'école des filles. Je la croisais parfois dans les ruelles. C'était une toute jeune fille, grande de taille, bien tournée, discrète et originaire de Saint-Tropez. Lorsqu'on se rencontrait, elle relevait à peine le front pour m'adresser un petit signe de tête comme il est de bon ton de le faire entre collègues de sexe différent. Plus tard, une collation organisée en l'honneur de la remise des palmes académiques à mon directeur nous permit de nous retrouver sous le préau de mon école. Je ne saurai jamais pourquoi ce fut ma grande carcasse qu'elle choisit comme bouée pour naviguer de groupe en groupe au milieu de l'assistance. Je fis un effort pour me montrer aimable.

Le lendemain, quand nos chemins se croisèrent, Jeanne se montra plus effrontée et me tendit la main. La fois suivante, elle s'arrêta et engagea la conversation.

La saison finie, les restaurants réduisirent leur personnel et Paulette, désœuvrée, profita de sa disponibilité pour se lier avec toutes les commères de Saint-Raphaël. Un soir, elle m'annonça qu'elle avait fait la connaissance d'une de mes collègues.

— Une fille très sympathique, ajouta-t-elle. Je l'ai invitée à venir à la maison, jeudi prochain.

Bien entendu, il s'agissait de Jeanne. Quand le jeudi suivant celle-ci frappa à notre porte, je n'eus pas le temps de fuir et je dus me résigner à écouter leur papotage. En réalité, Jeanne se contenta de s'exclamer poliment à chaque pause entrecoupant le bavardage de Paulette et n'ouvrit la bouche que pour me demander conseil sur la façon de mener sa classe.

Dès lors, Jeanne revint chez nous en toute occasion. Elle s'installait sur le divan du cosy pour écouter les interminables discours de ma sœur. De là, tout en suivant la conversation, elle jetait vers moi, furtivement, des regards ambigus. Je surpris le premier par hasard, puis, malgré moi, je guettai les suivants. Elle avait une peau de lait et de fort jolies jambes. Cependant, plus la femme qu'elle était me troublait, plus j'obligeais mon regard à se réfugier au loin.

— Pourquoi es-tu si désagréable avec cette pauvre Jeanne ? me demanda un jour Paulette en se mettant à table.

— Désagréable, moi ?

Je dus me défendre d'être moi-même. Peu

bavard et peu à l'aise devant les femmes. Enfin, je parlai de Coline.

— Je te comprends bien, mais, tron de l'air, tu ne vas tout de même pas passer toute ta vie à l'attendre ! Elle est peut-être déjà mariée et mère de famille à l'heure qu'il est !

Le dimanche suivant, pour répondre à son désir, j'emmenai Jeanne à Gordes. Pendant que je continuais ma tâche de réhabilitation de mon domaine en extrayant patiemment les pierres du sol, Jeanne, assise sur un rocher, corrigeait les cahiers de ses élèves.

— Vous ne vous ennuyez pas ? lui demandai-je.

— Pas du tout, me répondit-elle d'un air étonné. Mais..., dites-moi, à quoi peut bien servir d'enlever toutes ces pierres ?

J'arrêtai mon travail et cherchai une réponse.

— Je ne sais pas... Parce que cela doit être fait, sûrement.

Elle éclata de rire et secoua la tête avec miséricorde. Elle me parut, à cet instant, pleine de tendresse et de compréhension.

Le reste du temps, elle parlait très peu d'elle, je ne parlais jamais de moi.

Le mois de juin arriva et Jeanne mit son joli corps presque nu devant moi sur la plage.

De guerre lasse et pour beaucoup du désir d'avoir une femme dans mes bras, j'épousai

Jeanne aux premières vacances. Ce fut une courte cérémonie durant laquelle il me sembla que mes collègues et ma famille se réjouissaient d'un événement qui ne me concernait pas.

Ce fut ce jour-là que Jeanne m'avoua avoir réalisé son rêve : former un couple exerçant le même métier et dont, inévitablement, les intérêts et les passions seraient les mêmes.

Moi et mon cœur encore accroché aux broussailles du bord de ma rivière, moi et mon futur perché au sommet du géant de pierre, nous n'eûmes pas le courage de la détromper. J'eus seulement un bref sursaut de stupéfaction que je compensai aussitôt en frôlant sa joue de mes lèvres. Bien que son erreur d'appréciation comme son désir d'emprise sur mes rêves retentissent dans mon âme d'une façon désastreuse, je ne réalisai pas clairement la gravité de ma faute. A cet instant, la fête m'entraîna dans une danse, Jeanne colla son corps contre le mien. Je n'étais qu'un homme et j'envoyai au diable mes pressentiments.

Aurais-je pu lui dire qu'elle était pour moi, avant tout, une femme, un baume dont j'attendais l'apaisement d'une douleur qui ne se finissait pas ?

De longs mois s'écoulèrent durant lesquels, choyé par Paulette et dorloté par Jeanne, je me laissai aller à une paisible indolence. Mon sort était enviable si l'on considère que je n'avais qu'à prendre la parole pour être exaucé. Jeanne, industrieuse et sévère, menait la maison tambour battant. Elle prenait les décisions et réglait d'une façon autoritaire les problèmes avant même qu'ils se faufilassent jusqu'à moi et de cela, avouons-le, je m'en trouvais fort aise.

Ce fut dans ce confortable abandon que mes blessures cicatrisèrent doucement en ne laissant derrière elles qu'une zone sensible sur laquelle il suffisait de ne pas poser la main. Hormis certains rêves dont je n'étais pas maître et quelques sournoises poussées de fièvre, la pénible tâche que j'avais commencée en Indochine et qui consistait à censurer de mes pensées l'évocation du bord de la rivière s'achevait lentement.

20

Un dimanche de mai, Jeanne insista pour que nous allions à Saint-Tropez rendre visite à ses parents. J'acceptai et nous partîmes de bon matin.

Nous arrivâmes alors qu'un doux soleil de mai éblouissait la mer. Déjà des familles entières déambulaient sur le port tandis qu'un peu plus loin, sur la place des Lices, se préparait la Bravade. La carrosserie d'une voiture insolente nous frôla sans vergogne. Nous aperçûmes le père de Jeanne qui s'était assis au bord de la jetée afin de réparer, en vigoureux coups de navette, des filets de pêche. Il était filetier de profession et les longues heures de sa vie entière passées à deux doigts du miroir de la mer lui avaient donné un visage cuit comme les terres d'Esterel. Ses gestes avaient la précision magique qu'ont les doigts des brodeuses. Il sourit à sa fille mais celle-ci lui demanda brusquement :

— Pourquoi travailles-tu aujourd'hui, un dimanche ?

— Parce que les filets sont troués et que les poissons n'ont pas de calendrier, répondit-il dans un curieux provençal, zézayé entre ses dernières dents.

— Allons, viens, ne reste pas là !

Le brave homme ne bougea point.

— Allons, viens ! répéta-t-elle sourdement.

Jeanne était en colère. Elle piétinait tout en regardant autour d'elle avec exaspération. Si elle avait pu dissimuler son père, l'enlever, le faire disparaître, elle l'aurait fait à l'instant. Je réalisai soudain qu'elle avait honte d'être la fille d'un tel homme, honte que celui-ci se trouvât bien benoîtement assis au milieu des jambes des passants. Lui, méticuleux et serein, n'en avait pas conscience et, tout en continuant son ouvrage, il releva le bord de sa casquette et cligna de l'œil vers moi :

— C'est que, voyez-vous, je ne peux plus faire comme je le voudrais… Je suis, en quelque sorte, en contrat avec le syndicat d'initiative. Paraîtrait que cela fait plaisir aux visiteurs de me voir recoudre mes filets… Si mon pauvre père m'entendait, il se dresserait de son tombeau…

Il se moucha d'un revers de poignet :

— Mais allez donc à la maison, la mère vous y attend.

Le soir venu, alors que la foule envahissait les troquets du port, nous flemmardions, Jeanne, curieuse, moi, le nez en l'air, quand un homme attira mon attention. Il était démesurément grand, bien plus que moi, coiffé comme les bergers d'un chapeau à large bord, une biasse à l'épaule et le bras armé d'un bâton. Je crus voir le Vitalis de mes lectures d'école. A sa droite, une femme fluette, les cheveux clairs noués sous un chapeau de paille, tenait par la main une enfant. Sa silhouette et sa blondeur me firent tressaillir un instant.

Parce que Jeanne insista, nous nous assîmes à la terrasse de Sénéquier où nous nous régalâmes de nougat. Je tentais sans y parvenir de me satisfaire de ce temps qui passait inutilement tandis que, sous le soleil couchant, la mer crépitait des mille petits battements de ses vagues.

Les rayons penchés réchauffaient nos verres et caressaient nos mains. Nous étions silencieux, côte à côte, à mille lieues l'un de l'autre, face à la mer qui, la brise envolée, s'aplatissait lentement. Jeanne avait l'air grave, sévère même, tout le contraire de ce brin de folie que j'avais tant aimé chez Coline autrefois. Moi, j'étais absent, j'entendais des jeunes gens parler à haute voix, s'interpeller et raconter des histoires. J'étais ébahi qu'ils puissent occuper l'air et l'espace aussi impudemment. Soudain, un groupe de trois jeunes filles riantes et caquetantes vint vers nous et nous enveloppa. Elles étaient des camarades d'école normale de Jeanne. L'attention curieuse qu'elles me portèrent me mit aussitôt mal à l'aise et j'exprimai mon désir d'aller faire un tour. Elles protestèrent mais je persistai dans ma décision en leur proposant de les laisser poursuivre leurs conversations d'anciennes potaches pour revoir un village que je connaissais mal. Jeanne appuya ma requête et je partis à grands pas vers la jetée où l'air marin me fit du bien. J'obliquai sur la gauche pour découvrir le quartier de la Gleye qui, fenêtres ouvertes, se régalait de la fraîcheur du soir à deux pas des rochers et des longues traînées d'algues. Quelques barques sommeillaient dans cette minuscule courbe que dessinait la mer. J'avançai encore jusqu'au port des pêcheurs où des filets traînaient près des pointus endormis, becs hautains levés vers le ciel. C'est alors que j'entendis, venus de l'inconnu, des accents d'un piano mécanique, des tourbillons de musique monter jusqu'à la lune qui, à l'instant, s'échappait de l'emprise des collines des Maures.

Je revins vers le centre en pressant le pas, ce flot de musique gringalette m'attirait comme enchante un chant de sirène. Je découvris bientôt qu'il venait d'une guinguette située à deux pas de la Citadelle. La terrasse était pleine de jeunes gens attablés, d'autres dansaient à l'intérieur. Je m'en approchai, fasciné, envieux, puis je revins vers le port.

— Si nous allions danser, proposai-je à ma femme.

— Allons chez Palmyre, lança une jeune fille.

— Ah non ! Allons plutôt chez Tony ! dit une autre.

Et nous partîmes en voiture vers la plage de Pampelonne.

21

En ce temps-là, à Pampelonne, l'herbe courait de la pinède jusqu'à la mer, et la forêt, le sable et l'eau s'emmêlaient de la façon la plus naturelle.

A quelques pas de nous, adossée aux grands pins, une ancienne maison de pêcheur plantée sur le sable était devenue guinguette par la magie de son piano mécanique dont la musique rocailleuse s'en allait faire danser le clapotis des vagues. Quelques Parisiennes curieuses et quelques jeunes Provençaux valsaient sur la modeste terrasse couverte de tuiles rondes. Aux unes, en robe de cotonnade, les autres offraient leur belle mine et l'exotisme de leur accent chantant. Autour de la piste où ce petit bal bon enfant s'improvisait, trois jeunes filles attendaient un cavalier tandis que ceux-ci, adossés aux murs, cigarette aux lèvres et paupières basses, les observaient sournoisement. A l'intérieur de la maison, une femme en tablier servait du vin rosé et de la limonade.

Tandis que ma femme et ses amies descendaient vers la mer pour barboter pieds nus dans les dernières vagues, je m'adossai à un pilier de bois pour contempler la scène. Les jeunes gens tournoyaient à petits pas sur un air de java et le corps des filles s'enlaçait bien plus étroitement à celui des hommes que dans nos bals de village. Le piano gringalet emmêlait ses accents déchirants à ses plaintes coquines pour donner aux danseurs toutes sortes de frémissements. J'étais émerveillé, j'enviais cette facilité, cette liberté, ce plaisir évident…

Sur le banc, à présent, il n'y avait plus que deux demoiselles que j'apercevais brièvement entre les tourbillons de robes et de pantalons. L'une d'elles, les cheveux noués en queue de cheval, assise de biais, portait une robe rose à petits plis qui fit brutalement battre mon cœur. J'avançais de deux pas pour la voir tout entière quand un jeune homme s'approcha d'elle et l'emporta. Avant qu'ils ne commencent à tourbillonner loin de moi, j'eus juste le temps d'apercevoir le rond d'une joue et un corps si mince qu'il semblait n'avoir pas de squelette. Je n'en crus pas mes yeux, j'eus un éblouissement.

Coline, car c'était elle, dansait et la petite crapule en chemise blanche qui la serrait contre lui la regardait goulûment. Coline dansait les yeux mi-clos et son visage grave, austère même, avait une expression que je ne lui connaissais pas. Et moi, moi, les jambes faibles, bouleversé par un ouragan intérieur, je pensais me débattre dans un de ces cauchemars où traditionnellement l'horreur se mêle au réel. J'étais si abasourdi que je sursautai quand quelqu'un près de moi fredonna :

Comment ne pas perdre la tête
Serrée par des bras audacieux…

Le pilier soutenait mon corps en révolution tandis que mon cœur, comme un tambour, battait à la fois l'avancée des soldats et leur retraite.

J'avais retrouvé Coline mais elle n'était plus la même. Ce n'était plus la Coline candide et rieuse du bord de la rivière. Celle-là, lointaine et fière, cachait son regard sous ses paupières et sa bouche avait un pli sévère, son corps dansait mais elle ne dansait pas.

Je fermai les yeux pour ne plus la voir. Quand je relevai enfin les paupières, elle tourbillonnait juste devant moi. Son regard m'effleura, elle marqua le coup en tournant vivement la tête, lutta contre le sens de la valse pour ne pas me perdre de vue, pour être sûre…

Un couple la masqua, quand elle réapparut, elle titubait contre l'avorton qui, aussitôt, accentua son étreinte.

Ils dansaient encore et mon regard hébété suivait, au hasard de leurs pas, les cheveux noués en queue de cheval, la joue délicate, les prunelles fuyantes et surtout, à sa taille, la main nerveuse et pressante de la petite crapule en chemise blanche… J'imaginais la poitrine de Coline collée à la sienne et une fureur animale me tordait l'estomac.

Quand la fin de la danse sépara Coline de son danseur, j'avançai vers elle avec l'assurance d'un robot sans cœur ni peau. Elle sourit faiblement en me découvrant devant elle.

— Bonjour, Coline, tu danses ? lui demandai-je tout en maîtrisant l'avorton de ma haute taille.

Elle accepta.

Je l'enlaçai comme jadis au bord de la rivière, elle se laissa faire comme une poupée de chiffon et, parce qu'elle défaillait, je la soutins en la serrant très fort contre moi. Nous titubions au milieu de la piste et l'on nous repoussa vers l'extérieur. La gorge paralysée par l'émotion, les yeux pleins de larmes, je ne pus articuler une syllabe, j'entendis seulement une voix mouillée, étouffée par mon étreinte, qui demandait doucement :

— Alors, toujours à Callian ?

Coline pleurait dans mes bras.

Lequel des pauvres imbéciles qui se disputaient ma raison prit la parole et prononça en bredouillant : « Oui, enfin non, j'ai hérité d'une terre à Gordes mais je vis à Saint-Raphaël... », je ne sais pas, mais celui qui aurait dû l'inonder de questions, justifier sa désertion, l'assurer de son amour et lui demander pardon, lui, ce grand couillon, se tint lamentablement coi.

— Ah oui, ton école, me répondit-elle en levant brièvement les yeux vers moi.

Assoiffé, je cherchai encore à accrocher son regard mais lorsque j'y parvins, avant qu'elle ne le voile de ses paupières, je vis tout le sombre d'un ouragan tropical se refléter dans ses prunelles. Pour la consoler, je pressai sa main fluette dans la mienne. Elle frémit brièvement et me rendit mon étreinte. Je me penchai vers son visage pour me réchauffer à ses lèvres.

— Dieudonné ? appela à cet instant ma femme.

Et Coline s'échappa.

22

Coline, Adrien et la petite Mireille avancent dans un chemin de sable.

— Pourquoi pleures-tu ? demande Mireille à sa mère.

— Parce qu'un moucheron est entré dans mon œil.

« Plus rien, plus jamais, ne me fera de mal », disait Marité, et Coline répète vingt fois la phrase en s'obligeant à respirer normalement.

Plus tard, parce que son désespoir fait vaciller ses pas, elle s'approche d'Adrien et s'accroche à son bras.

Quand le soir tombe, ils se couchent à la belle étoile. Sa fille contre elle, Coline se pelotonne.

Trop de longues années ont passé par-dessus cet amour de jeunesse, d'enfance presque, en dévastant tout de leur rudesse. Qu'a-t-elle encore aujourd'hui de commun avec la petite Coline au bord de la rivière ?

Tant d'années ont passé, elle en fait le compte : bientôt cinq. Cinq longues années passées à désapprendre l'amour de sa mère et l'amour du bord de la rivière. Elle a mis tant de ferveur dans cette tâche, elle a imaginé tant d'aventures à la belle dame d'antan, tant contemplé de fleurettes semblables à celles d'autrefois, tant supporté d'intolérables cauchemars, avant de parvenir à relever la tête. Elle a accumulé tant d'efforts pour une victoire qui est bien la sienne qu'elle en est restée glacée jusqu'au fond des entrailles.

Plus rien, jamais, ne saura lui faire du mal.

Dieudonné n'est plus rien pour elle. Il importe à présent d'oublier cette rencontre et de la verser aux archives comme elle l'a fait de tout le reste. Oublier, oublier encore, oublier d'urgence.

Il lui semble soudain n'avoir fait qu'oublier toute sa vie durant.

Dieudonné a une femme et cela arrange bien ses affaires. Qu'aurait-elle pu s'imaginer s'il en avait été autrement, peut-être aurait-elle cru à son trouble, à son étreinte chaude, à ses balbutiements ? Comme avant ?

Dieu garde !

Afin de s'assurer de la disparition tout entière de sa brève passion d'antan, elle accepte de descendre au bord de la rivière. Mais quand elle y parvient, et parce que deux gouttes d'eau naissent inopinément à l'angle de ses yeux, Coline remonte des gorges de Siagne en courant.

Elle repousse doucement sa fille et serre ses genoux contre son menton. Pour interdire à ses larmes de couler encore, elle bat des cils et ses paupières alourdies se ferment doucement.

« Celui-là te rendra malheureuse, même sans le vouloir. »

— C'est maman que je pleure, se dit-elle.

Et son chagrin lui paraît plus acceptable.

A son côté, Mireille se retourne. Elle se penche vers elle, distingue son visage, et les sanglots retenus éclatent silencieusement.

Un de Cavalaire les a emmenés en camion jusqu'à Brignoles.

Puis ils ont marché encore et encore, indéfiniment, de l'aube jusqu'aux premières chaleurs, de la vesprée jusqu'à la nuit noire. Quand ils arrivent à Saint-Maximin, ils se rendent chez l'ami Daniel, l'ami de toujours, le compagnon de guerre et de blessure. L'explosion de feu qui a si cruellement mutilé Adrien lui a emporté la jambe droite et depuis il marche sur un pilon de bois qu'il fait tournoyer à chaque pas. A présent, l'homme est viticulteur au Petit Recours, vigneron, comme il dit en levant fièrement son verre plein d'un petit vin rosé bien apprécié dans toute la région. Ses vignes s'étalent sur une large pente pleine de soleil face à la Sainte-Baume qui ferme l'horizon. Tandis que Coline et Mireille, épuisées, s'endorment à l'ombre d'un mimosa, les deux amis descendent dans la somptueuse cave à vin que Daniel a patiemment creusée dans la pierre et ils y bavardent en secret, longuement.

Le soir, Daniel ouvre encore une bouteille dorée et comme s'il ne voulait pas parler du réel, il raconte des histoires que Mireille, les yeux écarquillés, écoute en se serrant contre Adrien.

— Voyez là-bas la Sainte-Baume et sa forêt immense où les chênes et les hêtres grimpent à qui mieux mieux vers le ciel tandis qu'à leur pied, la terre s'endort dans l'ombre glacée du sous-bois ? Savez-vous que cette forêt, toute pleine des murmures des rois, des saints et des pèlerins qui y passèrent, couvre les pieds de notre sainte Marie Madeleine ? Savez-vous encore que, lorsque au soleil couchant le ciel s'embrase et que vient l'heure de la prière du soir, les loups disparaissent dans leurs tanières, les eaux des ruisseaux et des fontaines se taisent et la grande barre se creuse pour étouffer le vent ? Plus une seule branche ne frissonne, plus un seul oiseau ne fait entendre son chant… Savez-vous pourquoi ? Parce que c'est à cette heure que les ailes feutrées des anges soulèvent doucement Marie Madeleine et l'emportent pour la rapprocher le plus possible du ciel, au Saint-Pilon.

« Marie Madeleine prie notre Seigneur, laissons-la faire », disent-ils et tous se taisent.

Enfin, pour faire sourire Mireille il dit des vieilles blagues, vieilles comme le temps, mais qui toutes parlent de vin et de bouteilles. Comme celle des deux bastidans de Ceyreste qui s'en viennent pour la première fois à Aix pour offrir un pichet de vin Bouniquet à un bourgeois qui les a récemment obligés. Ils entrent dans la ville par la porte de Notre-Dame et comme ils passent devant l'église de Saint-Sauvaire, Charloun, l'un des deux collègues, dit à l'autre : « Entends-tu comme on crie dans l'église, à mon avis, on s'y dispute ! On entre pour voir un peu ce qui se passe ?

— Comme tu voudras, répond l'autre, mais le pichet ?

— Je le mets sous ma veste... »

Ils entrent alors dans l'église où le curé est en chaire. Nos deux bastidans s'approchent bien près de lui pour mieux l'entendre. Le prédicateur, en eau et en sang, tout bouleversé par son sermon, crie à cet instant : « Mes frères, quittez le péché ! Quittez le péché !

— T'entends ce que dit le prêtre ! Tron de pas Dieu ! Qui a bien pu lui dire que j'avais un pichet sous ma veste ? » demande Charloun à son collègue.

Mais le capelan reprend, et de plus en plus fort : « Quittez le péché, vous dis-je !

— Mais, sapristi, où veut-il que je le mette mon pichet, ce saint homme ?

— Mes frères, pour la dernière fois, quittez le péché ! » Et le bastidan impatienté sort le pichet de dessous son gilet et fait rouler la bouteille vers le capelan abasourdi. « Té, le voilà ton péché, saperlipopette[6] ! »

— Encore une, encore une, supplie Coline parce que les yeux d'Adrien rient enfin.

Plus tard, pour faire plaisir à Mireille, Adrien se dresse de toute sa haute taille et chante de sa belle voix :

Ce vin est bon, c'est un vin loyal...
Il est bon, n'en buvons pas trop,
Il est fort, il pousse à la bataille...
Amis, si cependant en enlevant le bouchon
Vous croyez entendre un bruissement d'ailes,
Ne vous effrayez pas, c'est la cigale !
Nous nous encigalerons avant de chanter[7]...

Trois jours après, Daniel les emmène en voiture jusqu'à Aix puis ils reprennent leur long chemin. Mireille, aguerrie, trotte autour de leurs jambes et cueille la valériane centhrante, l'herbe aux ivrognes comme l'appelle Daniel, à pleines mains.

Adrien se tait encore et toujours. Sa tristesse est monstrueuse parce qu'elle n'a jamais de fin. « Il n'habite plus sur cette terre », pense Coline, et elle voudrait l'aimer très fort dans l'espoir de le voir sourire enfin...

Un soir qu'elle pleure encore, Adrien s'allonge près d'elle :

— Pleure, petite, c'est ainsi que la vie est faite. Mais, à mon avis, tu ferais mieux de faire comme Daniel et de te raconter des histoires. Des histoires comme les siennes, soit un peu magiques, soit un peu folles.

— Avant, dit Coline, avant, moi aussi, je m'en racontais de belles.

— Mais tu y as cru ! Voilà bien ce qu'il ne faut pas faire ! C'est comme si tu croyais vrais les personnages de tes livres d'images ! Ecoute-moi bien. Quand le soir tombe ou bien quand se lève le petit matin, avant de t'endormir ou en te réveillant, tu peux imaginer le monde comme il n'est pas. Un monde beau comme toi, puisque tu es belle. Sans salauds, sans menteurs, sans froid ni faim, sans tempête ni misère, un monde où tous les hommes vont à leur pas. Un monde sans frontières ni sottises, donc sans guerres, un monde sans argent donc sans voleurs, et patali, patala. Alors tu t'y promènes, plan-plan, tu y fais ribote, tu aimes, tu trembles de plaisir, tu traverses les murs même... Crois-moi, tu peux t'en régaler pendant des heures entières... et, durant tout ce temps-là pendant lequel tu te pourlèches, c'est autant que tu ne passes pas dans l'autre et c'est très bien comme ça... Mais il te faut apprendre à revenir sur notre pute de terre, autrement, gare !

— Et les bonnes histoires et les blagues que raconte Daniel, c'est pour quoi ?

— C'est pour prolonger le plaisir, l'amener sur terre et le partager avec les gens. Un moment de grâce... Si, un jour, il n'y avait plus de merveilleuses histoires, de contes fantastiques ni de blagues un peu folles, si l'on n'avait plus que le vrai à nous mettre sous la dent, notre tron de planète ne serait plus, comme dit le poète, *qu'une oasis d'horreur dans un désert d'ennui* !

Coline promet à Adrien de ne plus emmêler la réalité aux rêves.

C'est cette fois-là qu'ils prirent l'habitude de s'endormir l'un près de l'autre.

Ils sont arrivés à Cadenet dans l'enfer des premières cigales. Ils s'étendent à l'ombre d'un arbre à quelques pas des galets de la Durance pour attendre que le soleil s'épuise enfin. Ils repartent par la petite route qui transperce la montagne et s'en vont coucher à Bonnieux dans une maisonnette qui regarde la face bleue du Lubéron.

— Nous arriverons bientôt, dit Adrien.

23

Ils atteignent Oppède au début du mois de juin. Quelques maisons pressées contre la roche s'alanguissent dans la douceur du soir. Ils vont chez Maguelone qui habite au-dessus du petit café de Françoise.

— Voici Coline et Mireille, lui dit Adrien, il te faudra en prendre soin jusqu'à l'automne, faire en sorte qu'on ne leur demande rien, surtout pas les gendarmes.

— Ce soir, au café, je le dirai à tout le monde.

Adrien dit adieu à Coline en la serrant longuement dans ses bras.

— Ne partez pas, je vous en prie, lui dit-elle.

Mais il part quand même.

Coline se rend utile dans une ferme ou bien dans une autre, mais un jour Maguelone lui propose de l'accompagner pour une cueillette de cerises qui se fait chez sa sœur au Touron, au pied de Gordes.

— Tu nous aideras à cueillir, nous sommes jamais assez nombreuses, lui dit-elle. La petite jouera avec les autres enfants.

Elles partent dès le petit matin dans la camionnette d'un voisin et, sitôt que le soleil a fini d'aspirer la dernière goutte de rosée, elles étendent leurs bras et se mettent à l'ouvrage. Mireille, tout étourdie de se trouver en compagnie d'enfants de son âge, court sous les cerisiers en criant de joie. Aussi, quand arrive midi et que, les bras fatigués et la tête bourdonnante, les cueilleuses s'arrêtent de cueillir, Mireille, gavée de cerises et de plaisir, dort sous un arbre. Coline l'emporte jusqu'à la ferme et prend son repas au milieu des autres sur la longue table. Les rires et les cris fusent de toute part, les secrets éventés et les bonnes histoires passent de bouche en bouche jusqu'au bout des tréteaux puis s'en reviennent renforcés de mille détails. Coline, pourtant fort intimidée, rit de bon cœur de tout ce babillage. Soudain, elle entend ce que se disent deux vieilles paysannes.

— Comment ça, tu ne connais pas Dieudonné, le petit-fils de Jeannot Pisou ! Celui qui est revenu au pays voilà un an ?

— Celui des Esclapières ? demande une autre.

— Oui, celui-là !

— Un beau garçon, ma foi ! dit une femme en frétillant, et toutes s'esclaffent.

— Et d'où est-il ?

— D'un village de par là-bas, dans le Var.

— Et qu'est-ce qu'il fait là ?

— Paraît qu'il lève la molasse sur la campagne de son grand-père, enfin, qu'il boulègue les pierres. Un travailleur tout de même !

Coline n'entend plus les cris et les rires passer au-dessus de sa tête. Elle s'applique à comprendre si ce Dieudonné-là est un autre ou bien s'il est le sien. Elle s'efforce de remonter dans sa mémoire jusqu'au jour de la guinguette alors qu'elle s'alanguissait à moitié morte dans ses bras et qu'il parlait en bafouillant d'un village dont elle n'a pas retenu le nom. Elle fait néanmoins honneur au clafoutis qui termine le repas, puis, alors que toutes les femmes s'éparpillent pour aller faire un petit brin de sieste, elle s'approche de la bonne vieille :

— Le jeune homme dont vous parliez tout à l'heure, il ne viendrait pas de Callian ?

— Peut-être bien.

— Il vient avec sa femme, n'est-ce pas ?

— Je l'ai vu avec sa sœur, oui, avec sa femme, non. Pourquoi me demandez-vous ça, vous le connaissez donc ?

— Non, enfin, oui, j'en connais un qui a le même nom, mais... ce n'est pas celui-là.

Coline fait semblant de s'en aller s'étendre sous

un arbre mais elle se relève bien vite et s'enfuit sur le chemin, vers le village. Quand elle est sur la route, elle demande à un pompiste où se trouvent les Esclapières :

— Qui cherchez-vous aux Esclapières ? Il n'y a pas grand monde par là-bas.

— Le petit de Jeannot Pisou.

— Ah bien ! C'est par ce chemin, tout droit. Quand vous aurez devant vous deux géants de pierre, vous y serez. Mais, on est lundi, Dieudonné n'y est pas !

— Ah, c'est bien dommage, mais il ne sera pas dit que je me serai donné tant de peine pour rien, je vais y voir quand même...

— Qui êtes-vous ?

— La petite-nièce de la Maguelone d'Oppède !

Coline prend le chemin que lui a indiqué le brave homme et court droit devant elle jusqu'à rencontrer les gaillards de pierre. Elle en fait le tour puis erre de restanques toutes propres en murets fignolés, d'oliviers en fleur jusqu'au jardinet étourdissant de beauté. Tout y est irréprochable et elle en éprouve un paradoxal sentiment de fierté. Elle découvre encore le belvédère superbe et la plaine du Coulon, enfin, elle se trouve nez à nez avec la cabane en pierre dans laquelle, sans vergogne, elle se faufile. Elle s'étend sur le sac de couchage, met la main sur chaque objet et respire à s'en faire tourner la tête l'odeur d'homme qui y règne.

Plus tard, elle y revient encore en laissant Maguelone prendre soin de Mireille.

— Je cherche du travail, prétend-elle.

— On cherche des femmes à l'hospice de Gordes.

Mais Coline a perdu la tête, elle pantaille du matin au soir. Elle n'a pas retenu les recommandations d'Adrien, pire, elle les applique à l'envers. Elle se persuade que tout ce qu'elle a vécu n'existe pas, que ce n'est qu'un mauvais rêve et qu'elle commence à peine son histoire.

Chaque fois, elle parcourt les restanques en frissonnant, note les nouveaux travaux et les contemple avec satisfaction. Enfin, elle va s'allonger dans la cabane en pierre et y laisse le parfum de son eau de Cologne.

Quand elle en revient et que Mireille se jette contre elle, elle meurt d'envie de lui parler de son père mais, sagement et follement à la fois, elle se contente de la faire virevolter éperdument autour d'elle avant de la serrer très fort dans ses bras.

Le dimanche, Coline et Mireille vont dans les chemins qui s'enfoncent dans la montagne et montent jusqu'à une baume, une caverne creusée à flanc de barre. Mireille dévale les combes puis en revient sur ses quatre membres en hurlant :

— J'ai vu les yeux du loup !

Coline la console puis elle se remet à rêver tout en brodant des petites fleurettes sur des morceaux d'étoffe afin de s'exercer à son métier de couturière.

« Bientôt, j'en aurai besoin », se dit-elle.

Mais elle n'y croit pas un seul instant. Elle se revoit encore dans la petite guinguette quand les bras de Dieudonné la soulevaient de terre tant ils l'enserraient. L'autre n'était pas sa femme, sûrement. Une amie peut-être ?

Elles vont aussi dans un petit vallon peuplé de cèdres géants et de beaux chênes où s'emmêlent la térébinthe et l'amélanchier, les fleurs et les baies, les roches dressées et les ravins de lilliputiens. Dans l'ombre éparpillée qu'apporte la voûte des arbres, les parois des rochers et les buissons touffus semblent leur prêter un toit et tout un mobilier, une maison en somme dans laquelle habitent, en vérité, la fauvette, la grisette et le rossignol.

Coline l'appelle le vallon des oiseaux.

D'autres fois, elles escaladent une colline broussailleuse jusqu'à un château délabré, perché tout là-haut. Il est si hautement élevé de tous côtés, que l'on peut, à son faîte, contempler le monde ou bien le quitter d'un simple faux pas. Coline monte jusqu'à la plus lointaine tour en tenant fermement la main de Mireille puis elle assoit celle-ci tout près de la fente d'une minuscule meurtrière par laquelle on entrevoit le pauvre monde d'en bas, si mesquin, si falot. Elle profite de ce décor de rêve pour y faire apparaître, anachroniquement mais qu'importe, autant pour Mireille que pour elle, la bonne reine Jeanne. Enfin, pour faire plaisir à Maguelone qui attache beaucoup d'importance à cette mémoire, elle raconte les seigneurs sanguinaires égorgeant les Vaudois.

Quand elle redescend de ce palier bâti sur le chemin du ciel, elle le quitte à regret. A chaque pas qu'elle fait à contrecœur, Coline, encore toute rêveuse, sent le poids du ciel s'abattre sur ses épaules. L'air perd sa légèreté, et les merveilleux songes et les belles histoires restent accrochés aux pans des murs gigantesques tandis qu'elle, ayant perdu ses ailes, elle s'alourdit soudain.

24

C'était rituel, le samedi soir, dès que, telle une volée d'étourneaux, mes élèves s'envolaient dans les ruelles, j'enfourchais ma moto pour m'enfuir vers les routes qui mènent à Gordes. Aussi, quand le printemps de l'année 1955 fit naître à mes pieds ses premières violettes, mes restanques étaient propres et j'avais fini de reconstruire tous les murets de mes restanques. Je les avais tous repris patiemment, avec rigueur, mais j'y avais ajouté ici ou là une douzaine de petits escaliers et autant de bancs et de rampes faits de pavés. Je ne m'étais pas contenté d'empiler patiemment les pierres, je m'étais amusé à mêler les genres et les sens pour parvenir à réaliser une œuvre dans laquelle, tout en respectant leur fonction première, se condensait la totalité de mon savoir.

J'avais aussi retourné et fumé ma terre. Je l'avais enrichie de jeunes arbres fruitiers et de plusieurs rangées de vigne dont je surveillais la croissance avec une intense satisfaction.

J'arrivais à Gordes à la tombée de la nuit, juste à temps pour saluer d'un regard ou d'un effleurement de la main les pierres, la terre et les branches mais aussi la trace du renard ou les tranchées ouvertes par le groin des sangliers. Ensuite, j'allais dormir dans ma cabane afin d'être éveillé à l'aube.

A l'aube, à l'heure bleue, l'heure mystérieuse, celle des rêveurs et des anxieux, l'heure brève et sereine où, dans un silence cotonneux, se faufilent les dernières traînées vaporeuses.

Ce soir-là, j'arrivai en même temps que le soleil dissipait les brumes de Carpentras. J'allais à ma cabane en me réjouissant à l'idée de voir poindre la nuit quand quelque chose me surprit. Quelque chose d'insidieux et de sournois, une survivance d'un parfum évaporé qu'il fallait fortement aspirer pour s'en pénétrer et protéger de tout soupir pour ne pas le désunir…

Un soupçon de quelque chose qui ne m'appartenait pas.

Je me couchai néanmoins mais, à la fraîcheur du soir, quand tombent les brises et que les odeurs reprennent leur place, celle-ci, épicée et tenace, s'abattit sur mon visage.

Quelqu'un était venu dans ma cabane. Pas un berger ni un chasseur.

Une femme.

Coline. J'aurais tant aimé que ce fût elle mais je n'y crus pas, bien que ce fût pourtant là le parfum que j'avais aspiré de son corps chaque fois que je l'avais prise dans mes bras.

Coline que j'avais retrouvée et perdue. Coline que je ne méritais plus. Coline, une plaie qui coulait sans cesse, l'instrument de torture que j'avais pétri de mes mains pour faire de ma vie un cauchemar.

Dès lors, narines dilatées, absorbant à pleins poumons l'air de ma cabane, je replongeai dans mon passé jusqu'à ce que le sommeil, enfin, m'en libérât.

D'ordinaire, je commençais ma journée de travail en me promenant d'un bout à l'autre des restanques et ce n'était que lorsque j'avais humé toutes les senteurs des écorces et des feuilles, palpé la terre, vu se défroisser les corolles des fleurs que je me sentais prêt à me mettre à l'ouvrage.

Ce matin-là, les vestiges du parfum qui habitait ma cabane s'étant collés à ma peau, je dus les emporter avec moi. J'imaginai alors que Coline me suivait pas à pas. Je lui désignai mes travaux en lui racontant toute la peine que j'avais eue à les faire. Elle m'écoutait en tourbillonnant autour de moi, en pénétrant mon corps par bouffées de regrets et de désespoir. Je la laissai faire, il y avait si longtemps qu'elle ne s'était pas accrochée si fort à moi.

Incapable de manier un outil qui eût pu la blesser, je tournais en rond en lui racontant des histoires, des niaiseries d'autrefois. J'étais un imbécile, c'était notoire, mais elle qui savait, elle, pourquoi ne me croyait-elle pas ?

Quand la première brise vint faire frissonner les feuilles, Coline s'envola.

A midi, je déjeunais d'un morceau de pain et de fromage quand un homme âgé d'une quarantaine d'années s'approcha.

— Adieu, l'ami, dit-il, je suis votre voisin.

— Adieu, lui répondis-je en l'invitant à s'asseoir.

Entre les poils de la barbe noire tout ébouriffée qui lui couvrait le visage et la poitrine, pétillaient des yeux vifs et rieurs. Il s'installa à mon côté en prenant tout son temps puis il étira ses jambes et ses bras, enfin il me demanda :

— C'est à vous, cette campagne ?

— Oui, je l'ai eue de mon grand-père.

— Jeannot Pisou ?

— Jeannot Pisou.

— Un beau pistachier que celui-là, ricana-t-il sourdement. Autant que je vous le dise tout de suite, on n'était pas collègues, lui et moi, vous pouvez me croire...

— Je n'ai pas connu ce grand-père-là.

Il étendit la main comme pour prendre à témoin les arbres.

— Comme vous avez pu le constater en arrivant, l'était pas la peine de se lever matin pour le voir au travail dans sa campagne, valait mieux aller au bistrot... que le Bon Dieu ait son âme... et qu'il ne la lâche pas ! Plus fainéant, ça n'existe pas. Rien de mieux que le mot « travail » pour le voir s'esbigner et sournois avec ça, miel en bouche fiel au cœur, aussi droit que mon bras quand je me mouche...

Il resta silencieux en me lorgnant plusieurs fois brièvement.

— Si je vous dis cela, c'est que voyez-vous, quand j'étais pichot, je venais ici avec mon père. Mon père construisait, pour ses bêtes, un bel enclos. Son mur était bien avancé quand il lui a manqué des pierres. Alors mon grand-père a voulu prendre celles de par ici. Il a demandé à lou Pisou, votre grand-père : « Je te débarrasse de toute cette molasse, cela fera du bien à ta terre.

— Tu prends, tu payes.

— Mais je les prends avec ma peine !

— Ta peine, je m'en fous. Tu prends, tu payes. Si tu payes pas, tu laisses.

— Qui payerait pour des pierres ? Vois ta terre, tu ne peux rien en faire. Mais quand j'aurai enlevé toute cette caillasse, si un jour il te venait l'envie de passer l'araire, alors tu le pourrais facilement.

— Ce que je fais ne te regarde pas. »

L'homme frappa la terre de son bâton.

— Vous vous rendez compte, l'ami, ils avaient pourtant fait le soldat ensemble, là-bas, à Verdun, et il n'a pas voulu lui laisser prendre la molasse...

Je ne répondis pas, je pensais à Pépé Vitourin.

— Je suis venu vous voir parce que j'aime votre travail, continua-t-il, vous aimez manier la pierre, pas vrai ? Moi aussi.

Puis il se leva et je le suivis. Nous parcourûmes les restanques. Du bout d'un bâton, il désignait mes erreurs, la faiblesse d'un mur, le manque de *fruit* d'un autre. D'un coup sec, il frappa sur une dalle, elle se cassa.

— Il vous faut apprendre à connaître celles qui ne tiennent pas.

Nous continuâmes d'aller de-ci, de-là. Tout en marchant, il me questionna et je lui racontai mon histoire, ma femme et mon école de Saint-Raphaël.

— Vous faites le maître d'école ? Vrai ? Avec la cravate ?

Il n'en revenait pas.

— Oui, répondis-je. Mon grand-père, l'autre, le père de mon père, l'a voulu comme ça.

— Eh bien, celui-là pas plus que l'autre n'y voyait clair. En fait de grands-pères, il me semble bien que vous avez eu deux braves bédigas (imbéciles) !

Alors seulement, il me parla de son histoire. Ses aïeux, bergers dans les montagnes du pays de Lure, y avaient construit une magnifique bergerie, la plus belle de tout le pays. Ils étaient six hommes pour ce faire, l'aïeul, le père et ses trois fils. Ensuite, un peu plus tard, son père à lui avait quitté la montagne pour descendre aux Esclapières où il avait d'abord construit un enclos, une véritable muraille. Puis avec son fils, « moi », dit-il, et pour dire cela il cambra les reins, ils avaient restauré une maison d'autrefois, une borie comme on dit maintenant, faite tout en pierre, même le toit, une cabane de Gaulois comme l'appelait son père, si large et si élégante que c'était une merveille. Il en était si fier qu'à cet instant, sa barbe se dressa bien au-dessus de son menton.

— Un soir, venez me voir, je vous la montrerai et vous en apprendrez peut-être.

J'acceptai volontiers.

— On m'appelle Dieudonné, ajoutai-je pour sceller notre amitié.

— On m'appelle François, Chouas, répondit-il.

Et il me quitta.

25

Le samedi suivant, comme tous les autres à venir, je me précipitai vers ma cabane pour en aspirer tous les recoins jusqu'à y dénicher le moindre soupçon de parfum. Je m'étais laissé enfoncer si fort dans mes chimères que je me trouvais dépité et maussade si, d'aventure, je n'y parvenais pas.

Je m'assis béatement sur mon banc. Alors que j'aurais aimé penser au lendemain et caresser des projets fous, encore une fois je regardai en arrière comme si quelque chose d'inachevé m'y obligeait irrésistiblement.

Alors que d'ordinaire, c'était Coline, son corps menu et son odeur, qui fondait sur ma poitrine et l'envahissait sans que je puisse me défendre, cette fois-là, et j'en fus conscient, je partis volontairement à sa recherche. Je la rencontrai d'abord à la guinguette, le regard qu'elle me jeta, si mouillé de chagrin, me fit trop mal. J'écartai cette image pour rattraper ma Coline à moi, celle du bord de la rivière. Elle était assise au bord de l'eau et me parlait en regardant au loin. Elle racontait sa vie de petite fille solitaire fuyant sur les routes mitraillées par la guerre. Elle disait avoir toujours eu peur, peur des obus, des avions, des fusils et des uniformes. Peur de l'orage et du tonnerre mais aussi du froid et de la faim.

« Si je rêvais tant de châteaux forts c'est qu'eux seuls, me semblait-il, pourraient me guérir de ma terreur. Je me souviens t'avoir dit un jour que j'aimerais vivre dans une maison, les murs seraient si épais et si forts qu'ils ne laisseraient passer ni le vent ni le froid, encore moins les coups de tonnerre... »

Je me souvins l'avoir entendue dire cela et l'avoir égoïstement abandonnée à ses rêves. Aujourd'hui, pour m'en faire pardonner, je me penchais vers elle, plongeais mon regard dans le sien, prêt à lui offrir tous les palais de la terre, décidé à lui montrer toute la force que j'avais en moi...

Je découvris avec stupeur que ma Coline à moi, celle du bord de la rivière, avait dans les yeux la même détresse que la Coline de la guinguette.

Et me revint, avec une acuité brûlante, cette obsession de colère née de ma propre faute : celle d'avoir manqué ma vie en me montrant tel que je n'étais pas, ou tout du moins, tel que je n'étais plus à présent.

La plaine du Coulon disparut dans la nuit. Une chouette s'éveilla et lança son cri à travers la forêt immobile.

Quand donc, me demandai-je, ouvrirais-je les yeux au bon moment ? Comment me racheter, à ma propre conscience pour le moins, puisque Coline, elle, n'était plus là ?

Je construirais pour elle la plus belle maison qui soit.

A l'aube, je décidai de céder à la prière de François et d'aller le voir. Je pris le chemin qu'il m'avait indiqué et je découvris bientôt l'enclos de pierres sèches dont il m'avait longuement parlé. C'était un ouvrage superbe entourant une sorte de bastidon tout à fait extraordinaire entièrement fait de pierres plates, du haut jusqu'en bas. Il faisait à peine jour et déjà le premier rayon de soleil s'accrochait au faîte du cabanon avant de descendre en caresser les lauzes. J'eus l'impression de les voir naître une à une. Le toit changea de couleur, s'adoucit puis resplendit en se teintant de soleil.

François m'aperçut très vite.

— Adieu, l'ami.

Il me fit entrer dans sa maison. Elle était longue

de dix mètres environ, au fond, un feu brûlait dans une cheminée. Il y avait aussi un évier taillé dans la pierre, une table, quatre chaises et un buffet. De ses mains ensanglantées, une vieille femme courbée toilettait un poulet avant de l'embrocher. Elle parut contente de me voir et me dit :

— Je ne vous tends pas la main mais le cœur y est tout entier.

François s'emballa en me présentant sa maison.

Les murs enduits de chaux protégeaient ses habitants des bêtes et des courants d'air. A mi-course, un plafond fait de poutres de chêne, elles-mêmes recouvertes de dalles de pierre, formait une mezzanine à laquelle on accédait par une échelle. Il m'y fit grimper pour me montrer l'inclinaison précise de la voûte qui s'élançait jusqu'au sommet où de larges dalles terminaient le faîtage.

Il s'amusait à m'étonner en me donnant le pourquoi de tous les détails. Il me présenta le linteau de la porte, les deux fenestrons et les petits placards pris dans le corps de l'épaisse muraille et comme je m'extasiais de son savoir, il s'excusa modestement :

— Il est vrai que je n'ai fait que réparer une pauvre cabane et c'est bien peu de chose. Mais, vois-tu, depuis que je suis né, à chaque veillée d'hiver, j'ai entendu mon grand-père me dire les secrets des maçons d'autrefois, des secrets que lui-même avait entendus de son père et ainsi de suite jusqu'au temps de la bonne reine Jeanne. « N'oublie jamais, nom de Dieu ! » disait-il en levant la main au-dessus de ma tête.

Derrière lui, sa mère secouait la tête avec commisération.

— Mon pauvre monsieur, à présent qu'il vous a mis la main dessus, il vous faudra entendre le sermon, les prières et les oraisons ! Zou, toute la messe jusqu'à sa fin !

J'enviais sa fierté, j'enviais son talent. Allais-je oser lui dire ce qui me berçait depuis la veille ? Allais-je m'enchaîner à ce rêve en le révélant ? Je n'hésitais pas vraiment, j'avais peur que mon nouvel ami me prît pour un sot et se mît à rire en m'entendant. C'est quand il m'invita à partager son repas que j'osai, le vin aidant, élever la voix :

— Un jour, je voudrais construire une maison comme celle-là.

Un plein Bon Dieu d'anges ébahis traversa l'air de la cabane.

François retourna son poignet pour essuyer ses lèvres.

— Jamais vous n'y arriverez.

— J'y arriverai. J'ai tout mon temps et mes mains tremblent d'impatience.

— Savez-vous que par ici, dans toute la région, il existe tout un moulon de belles cabanes comme la mienne ? Il y a même, tout près d'ici, dans un maquis de chênes et de cades, plusieurs cabanes semblables entassées les unes contre les autres, comme un vrai village d'autrefois. Voulez-vous aller le voir et aussi la bergerie de mes grands-pères ?

Nous grimpâmes tout d'abord vers Forcalquier et nous entrâmes dans la bergerie déserte. Elle était faite de trois salles voûtées distinctes où les cintres avaient été utilisés pour monter les arcs-doubleaux. Trois portes y menaient et distribuaient un peu de clarté. Au-dessus des cintres parfaits de courbure, quelques longues poutres soutenaient le toit. L'harmonie des proportions et des formes me stupéfia.

François m'entraîna tout autour des salles. Du bout de son bâton, il désignait les premiers signes d'affaissement, les parties solides, m'expliquait les lois par-dessus lesquelles on ne passe pas. J'avançais, tête en l'air, sans cesser de laisser courir mes yeux sur chaque pierre. Toutes avaient le même rôle, un rôle capital. Il était évident qu'une seule cédant, l'ensemble s'écroulerait à l'instant.

— Y a-t-il quelqu'un encore capable de faire de telles merveilles ? demandai-je en sortant de ma contemplation.

— Plus que la science, ce qui manque aujourd'hui c'est plutôt la volonté de faire du beau et du solide, de ce qui se donne avec fierté aux enfants de ses enfants et ainsi de suite jusqu'à la fin des temps.

En fin de journée, nous zigzaguâmes sur une sente de chasseurs entre les buissons d'épines et de chênes verts à la recherche de ce village ancien. Nous le découvrîmes au milieu d'une forêt de vieux oliviers et d'un maquis si dense qu'il ne nous fut pas possible d'en approcher vraiment. Nous apercevions seulement quelques murs en pagaille, quelques portes sans linteaux qui vomissaient des racines et des branches, et quelques faîtages fièrement dressés au-dessus de l'invraisemblable enchevêtrement des feuillages. A notre droite, un soleil rouge comme au sortir d'une forge embrasait au couchant toute la vallée du Rhône. Nous nous assîmes sur un amoncellement de pierres et, dans ce silence lunaire, oubliant mon compagnon, je donnai libre cours à mon imagination. Les pierres reposaient sur la terre et la terre respirait sous elles, interminablement. J'avais sous les yeux un monde fantastique de hardiesse et de simplicité dont le cœur battait sûrement quelque part. J'eus envie de partir à sa recherche, de me lever, de débroussailler avec rage et de remettre les pierres écroulées à leur place dans le secret espoir d'y voir apparaître, au détour d'une cabane, des âmes ou des visages.

Je posai des questions à mon ami François mais

pour chacune d'elles, il haussa les épaules évasivement.

— Je ne sais pas pourquoi ce village est si près du nôtre, ni qui l'habitait ni depuis quand. Les plus vieux disent qu'il y avait des familles encore dans le siècle précédent.

Soudain, comme chaque soir, la brise cessa. Le parfum de la terre monta aussitôt à nos visages. Le silence fut de rigueur pour François et moi. Les pierres grises perdirent leurs reflets rougeâtres, elles prirent la teinte du soir.

Quand, la nuit venue, il fallut bien revenir au pays des vivants :

— Voyez, me dit François, si belles soient-elles, c'était simplement à ceux qui n'ont que la nature comme seule richesse : pierres, terre et bois. Pas un sou, rien que de la peine. Mais si vous voulez bien me croire, le courage ne leur manquait pas, ni le savoir… Que voulez-vous, c'était ça ou mourir de froid…

— L'absolue nécessité rend génial, il faudrait nous en souvenir plus souvent. L'enfant qui s'ennuie fabrique son jouet, le bavard invente le langage, l'artiste sa musique, l'amoureux des poèmes…

— Et vous, qu'est-ce qui vous pousse à vouloir faire une maison comme celles-là ?

— Pour me prouver à moi-même que j'en suis capable mais aussi parce que, sans doute, je suis de la lignée de ces gens-là : me mesurer à la nature est ma nécessité à moi.

A entendre la gravité de ma voix, François resta pantois.

— Et puis, ajoutai-je plus gravement encore, pour en finir avec une vieille histoire.

François laissa se dérouler un bon bout de silence avant de reprendre la parole :

— Alors, sachez que la route sera longue, réapprendre un savoir-faire sans un maître prend toujours beaucoup de temps. Il ne faudrait jamais laisser mourir ceux qui savent sans recueillir leur science.

— Vous m'aiderez.

— Eh bien, je m'en vais vous donner un premier conseil. A partir d'à présent, pour épargner votre peine et votre temps, vous devrez extirper et trier les pierres pour en faire des tas par épaisseur et par longueur et cela jusqu'à ce que vous sachiez faire dire à chacune ce pour quoi elle est faite. Je passerai de temps à autre vous donner un coup de main.

Je le remerciais quand il m'arrêta :

— Attendez, j'ai encore à vous dire. Savez-vous qu'avant de faire une maison il faut l'avoir toute prête là-dedans, dit-il en se tapant le front. Car, la première pierre posée, il est déjà trop tard. Il vous faudra y penser sans cesse, le jour et la nuit aussi… il faut rêver longtemps sa maison avant de la faire…

Il s'arrêta subitement comme s'il rêvait à la sienne…

— Mon grand-père disait toujours qu'une maison ressemble à son maçon. Si vous êtes vaniteux, elle sera trop belle dehors et froide dedans, si vous êtes mesquin, elle sera racornie comme le sabot d'une vieille chèvre, si vous êtes fainéant, elle ne sera jamais finie…

Il leva une main qu'il secoua au-dessus de son crâne :

— Et si vous ne savez pas qui vous êtes, vé, elle vous tombera sur la tête !

26

Et puis, ce fut l'explosion d'or des genêts dans les bois. A Callian, de tout temps, je ne m'en rassasiais pas. Je pris l'habitude de m'en aller les respirer le soir quand la brise s'adoucit et que la chaleur emprisonnée s'échappe de la terre en exhalant tous les arômes des bois.

François ne me quittait plus. C'était un homme étonnant de discrétion, un penseur naïf et jubilatoire, une sorte de philosophe plein de bon sens et d'idées folles dont le mutisme s'accordait parfaitement avec le mien.

Un jour qu'il était assis à ma droite pour partager mon pain et mon fromage, et que le grand silence coutumier s'alanguissait dans l'ombre du soir, il releva soudain la tête :

— Sens, sens, me dit-il, le genêt qui descend de la colline et monte d'en bas.

Devant nous, la plaine du Coulon laissait poindre ici ou là des petits pompons de fumée blanche. Partout l'on brûlait du bois mort et les branches retirées aux arbres. D'une trace violette, le Lubéron fermait l'horizon. La campagne tout entière attendait que le soir vienne.

Le matin, engourdi si près du sol que ses exhalaisons m'enveloppaient pleinement, je songeais parfois à ceux qui s'en vont sur de grands bateaux noirs, à ceux des villes, à ceux de Chine ou du Guatemala, à ceux des isbas, des ranchs et des pampas, aux pays où le soleil est plus rouge et la terre plus noire, aux déserts safranés et aux océans verdâtres. Et moi, j'étais là à contempler béatement les éternelles métamorphoses de la nature, fondu en elle, élément de la même substance et pénétré du même péremptoire absolu.

Puis un jour les nuages envahirent le ciel et la pluie tant attendue nous régala. Les rouges-gorges ébouriffés partirent à l'assaut des feuillages et la terre but à s'en faire éclater le ventre. Du fond de ma cabane, je la regardais s'assombrir et respirais enfin d'autres senteurs et contemplais, surpris, d'autres paysages.

Je profitai de ce déluge ininterrompu pour choisir l'endroit où je construirais le bassin dont j'avais besoin. Dès que la terre assouvie laissa courir l'eau sans la boire, celle-ci ruissela sur les pierres et transforma les creux de rochers en petites baignoires. Stoïquement abrité de ma seule casquette, j'étudiai soigneusement son parcours et je me mis à rêver d'une suite de cuvettes et de libres fontaines qui de surverse en surverse amèneraient l'eau jusqu'à mon bassin, et l'eau du bassin jusqu'aux plants de mon jardin. La source discrète qu'avait découverte Paulette s'y déverserait également. Pour rassembler ces multiples torrents éphémères, je creuserai aussitôt mille caniveaux ou gouttières dans lesquels l'eau domptée s'amoncela avant de se précipiter vers un amas de rochers sur lequel elle se déversa férocement. Mon bassin devait être fait à cet endroit.

J'embauchai François qui rêvait de gagner un peu d'argent et nous nous mîmes au travail.

Aussitôt, le travail dévora mes heures et noya mes pensées. Mes mains tremblaient du plaisir de faire et rêvaient de n'avoir jamais fini de creuser la pierre. Jamais je n'avais éprouvé si puissamment cette impression de partage de moi-même. L'un travaillait à perdre haleine tandis que les deux autres, le contemplatif et le grand couillon, disparaissaient enfin.

Mais quand arriva un autre orage, depuis le

belvédère jusqu'au jardin, l'eau courut de vasque en vasque jusqu'à notre ayguier profond et large.

— Tout cela est bien beau, me dit François. Mais l'eau va y croupir si on ne la laisse pas filer, et si elle file, on n'en aura jamais assez.

Je décidai donc d'une coupole qui recouvrirait le bassin sur trois côtés en laissant le quatrième accessible par une large échancrure cintrée. Je passai des heures entières à calculer la courbure de la voûte et à m'enquérir d'une carrière où j'achetai les pierres nécessaires aux parements.

Plus tard, le mistral se mit à souffler et les nuages coururent se réfugier derrière l'horizon. Ramures et feuillages se courbèrent servilement pour laisser passer la colère venteuse qui gémissait en arrivant, râlait au-dessus de ma tête et s'en allait cogner les flancs du Lubéron. Les mésanges descendirent se blottir au creux des buissons tandis que les grands rapaces s'affolaient dans les bouffées de vent.

Parfum du soir et du matin. Il était ma récompense, mon baiser du matin et du soir...

27

A compter de ce jour, bien plus qu'à l'ordinaire, je revenais à ma maison de Saint-Raphaël comme l'ombre de moi-même en laissant là-bas mon esprit, le parfum de mon amour et le décor de mes rêves. Le spectre que j'étais embrassait distraitement sa femme et entendait à peine la voix qui se plaignait d'être seule…

Je ne pouvais rien dire de mes désirs sans que Jeanne haussât les épaules. Elle ne pouvait rien dire des siens sans que je ne perçusse que le murmure de sa voix. Je vivais cette distance, ce désert, comme une expiation perpétuelle. Pas une seule parcelle de toute cette souffrance ne m'avait été imposée, je l'avais construite tout entière de mes mains.

Un soir de la semaine suivante, en revenant de mon école, je découvris qu'un grand chambardement révolutionnait ma maison. Paulette et deux de ses amis avaient repoussé table et chaises contre les cloisons, et, dans l'espace ainsi dégagé, les trois jeunes gens menaient un train d'enfer à coups de grandes tirades, d'éclats de rire et de vigoureux applaudissements. Quand elle me vit, Paulette se pendit à mon cou en m'annonçant :

— Nous avons monté une troupe et nous allons jouer et raconter des historiettes provençales dans toute la région.

Elle crépitait comme un bon feu de bois. Ses yeux ravis lançaient des étincelles tandis que sa voix triomphante fusait comme des flammes. Les jeunes gens m'entourèrent pour m'expliquer qu'ils avaient préparé plusieurs versions de leur spectacle, l'une en provençal, l'autre en français, qu'ils joueraient indifféremment selon l'assistance qui les écouterait. De l'angle de la porte, réprobatrice, Jeanne me fit signe. Je laissai faire les « gais troubadours », c'est ainsi qu'ils s'appelaient, et suivis ma femme dans la cuisine. Jeanne n'était pas contente :

— Je ne comprends pas que tu laisses ta sœur prendre cette direction, me dit-elle. Dieu seul sait où tout ça va la mener. Te rends-tu compte, à son âge, jouer dans les cafés et les bars ? Elle est trop jeune et cette aventure finira mal.

Mais j'étais plein d'indulgence dès qu'il s'agissait de Paulette.

— Laisse faire, elle s'amuse et tout cela n'est pas bien méchant.

— Nous verrons bien, répondit Jeanne rendue furieuse par l'irruption de cette bande de garnements.

Je revins dans la salle à manger au moment où Paulette annonçait :

— Mesdames, messieurs, nous allons vous conter la triste histoire de « Moussu Baratin, lou députa ».

Elle se recula un peu pour laisser entrer son camarade guindé dans un costume noir au col duquel étincelait une excessive rosette. Celui-ci s'avança, salua la foule et monta sur une chaise figurant une estrade.

Paulette faisait la conteuse. Elle rayonnait. Elle se jeta dans la bataille sans trembler, voix clairette et menton levé, je crus la voir, toute pitchounette, tenant tête à Pépé Vitourin. L'histoire, pleine de malice, était faite pour elle et elle jubilait de pouvoir lancer à pleine voix :

— *Depuis une semaine, Moussu Baratin, lou députa, baroulait dans sa circonscription en répétant un discours admirablement fignolé que Moussu Baratin, lui-même, avait préparé avec tout son cœur et toute sa science. Il le savait parfaitement ainsi que toutes les astuces de parole : les silences, les sous-entendus, les yeux tournés vers le ciel pour demander la bénédiction du Seigneur et les terrifiantes incantations propres à estourbir le matérialisme sordide du peuple...*

Elle se tut et recula d'un pas.

— « *Mes amis*, commença alors celui qui jouait le député, *si vous voulez sauver notre France, et je sais bien que c'est votre désir le plus cher, vous devez travailler, encore travailler, toujours travailler... sans relâche et sans repos, et nous ne serons heureux que lorsque la France sera forte avec tous ses enfants au travail...* »

— *Mais ce jour-là*, reprit ma sœur, *Moussu Baratin avait fait trop d'honneur au Claret de Provence. Après avoir condamné aux flammes de l'enfer les pratiques actuelles et tous ceux qui oublient trop facilement les grandes leçons du passé, Moussu lou députa s'enflamma.*

— « *Mes amis*, reprit l'acteur, *pour sauver notre pays tant aimé, ce pays tant riche et béni des dieux que tous les étrangers nous envient, vous devez travailler quinze heures, vingt heures, et même vingt-cinq heures par jour...* ! »

Heureusement que Moussu Virgulo, son secrétaire, au service de la politique depuis bien avant-guerre, le tira par-derrière et par la veste pour lui susurrer à voix basse :

« Avisez-vous, Moussu lou députa, qu'assurément, dans un jour il n'y a que vingt-quatre heures, pas une de plus... jamais ! »

Moussu Baratin regarda l'auditoire avec un peu de

crainte. Mais le préposé au service d'ordre mâchait son chaouingomo, les conseillers municipaux badaient comme des limberts au soleil et ses partisans applaudissaient sans remarquer le compte un peu spécial qu'il venait de faire.

L'histoire de Moussu Baratin continua et je m'en régalais. A présent, revenu chez lui, dans son sommeil, le pauvre homme vivait un véritable cauchemar.

« Il me semble que vous faites la grasse matinée », lui disait un grand pantin d'homme, l'œil sévère sous un chapeau de feutre noir.

— Mais il n'est que cinq heures du matin ?

— Il faut se lever de bonne heure quand vingt-cinq heures de travail vous attendent ! Qui a tout son temps et perd son temps n'a jamais assez de temps !

Moussu Baratin dut enfiler une culotte de velours raide et gelée dans laquelle trois hommes comme lui auraient tenu sans peine. Il dut la faire tenir sans bretelles ni ceinture mais avec une taillole qui n'en finissait plus...

L'acteur fit mille contorsions pour s'entourer de sa taillole.

... *A présent, Moussu Baratin, obligé par le sort malin de prendre la place d'un des travailleurs dont il exhortait si bien les efforts, s'en allait aux champs avec son bécut sur l'épaule. Arrivé au sommet d'une colline où le mistral se régalait en passant et où la terre n'était faite que de pierres et de gravier, le contremaître mit Moussu Baratin au travail. Avec beaucoup de peine, celui-ci leva son outil au-dessus de sa tête, prit son élan et bing, l'empégua sur un rocher.*

— Gare ! Si tu romps le bécut, tu le payes.

Dire comment se passa la matinée prendrait trop de temps. Il faudrait le pinceau de Dante pour décrire cette antichambre de l'enfer. Rien n'y manqua : les doigts gourds, les mains pleines d'ampoules, la sueur coulant partout, la tête vide et les jambes tremblantes... Bien que dans son discours Moussu Baratin ait souvent parlé du bonheur de l'homme de la campagne qui voit le soleil se lever sur les collines vertes de notre tant belle Provence bénie des dieux, aujourd'hui, le malheureux homme n'avait pas le temps ni l'envie de reluquer ce si joli spectacle...

Et le contremaître disait enfin :

— Voici midi, tu peux t'arrêter un moment. Mais comme tu le sais, nous ne sommes pas là pour faire ribote. De trop manger charge l'estomac...

Quand, après avoir dévoré un oignon si fort qu'il vous emportait la langue et tout le gosier, et bu un vin propre à rendre luisants des clous rouillés, Moussu Baratin dut reprendre le travail...

— Aïe de mes reins, aïe de mon dos, aïe de mes jambes,

... le soleil était toujours aussi chaud et la terre toujours aussi basse[8]*...*

Paulette avait tout juste vingt et un ans, et déjà elle mordait dans la vie à pleines dents. J'enviais sa joie de vivre et comparais ses appétits aux miens. Pourquoi traînais-je sans cesse de vieux boulets attachés à mes mains ? Et si je les arrachais et les abandonnais une bonne fois pour toutes en arrière ?

Quand se finit l'histoire du malheureux Moussu Baratin j'applaudis de toutes mes forces. J'écoutai encore les trois autres historiettes composant leur spectacle, elles étaient toutes aussi plaisantes et narquoises, ensuite, les trois jeunes gens nous invitèrent à venir les écouter la semaine suivante au café du port où ils se produisaient pour la première fois. J'acceptai mais Jeanne, agacée, haussa les épaules et refusa.

— Vous ne pouvez pas parler français comme tout le monde, se moqua-t-elle, et je ne connais guère de gens que ces histoires godiches tirées des vieux almanachs intéresseront !

Je ne sais pas pourquoi, mais ce petit incident me bouleversa. Le dédain de Jeanne pour tout ce qui était sa culture et son état social originel, son désir incessant de les renier pour s'intégrer à un autre monde plus flatteur, plus à la mode, m'éloignaient chaque jour d'elle plus sûrement que nos interminables silences. Plus qu'une affaire de peau, c'est de voir le monde à contresens qui sépare les êtres.

Je sus à cet instant que j'allais la quitter. J'avais suffisamment souffert. Je pris ma tête dans mes mains tant je me sentais confondu par la violence de ma décision.

Quand je relevai la tête, je surpris le regard de Paulette posé sur moi. Je le reçus avec émotion. On eût dit le regard d'une mère veillant sur son enfant. Si la mienne avait été là, me dis-je, en mêmes circonstances, elle aurait eu le même.

Paulette, fine mouche, en alerte, prenait soin de moi.

Quelques jours après, Jeanne et moi décidâmes d'un commun accord de poursuivre une route différente. Cette séparation proposée par moi et froidement acceptée par elle m'assura que, de toute évidence, notre union circonstancielle ne laisserait, ni sur l'un ni sur l'autre, pas l'ombre d'un ressentiment.

Je fis aussitôt les démarches nécessaires pour quitter le département du Var et postulai pour un poste, n'importe lequel, dans celui du Vaucluse. En attendant ma nouvelle affectation, je décidai de m'installer à Gordes où je louai une chambre dans une maison proche de la Placette tandis que les « gais troubadours » parcouraient la Provence en récoltant, semblait-il, succès et satisfactions.

28

Une fois toutes les cerises cueillies, Coline dépouilla les rameaux de bruyère de leurs cocons de soufre ou d'ivoire, puis elle roula la vigne, enfin, elle arracha sa fleur aux branches des tilleuls.

Elle emmenait Mireille sur le porte-bagages de la vieille bicyclette de Maguelone et, que ce soit dans les rangées de ceps ou sous le feuillage des arbres, la petite jouait avec la terre, les cailloux et les bouts de bois.

Partout on respectait son anonymat, pas de questions posées qu'elles soient franches ou de biais, l'air de rien. Partout on l'appelait *Mistouline*, qui veut dire « petite fluette pâlichonne », un surnom que Maguelone lui avait donné.

Bien que le bruit courût qu'il ne fallait parler

d'elle, on en parla quand même et, bientôt, de Saint-Pantaléon aux Imberts et de Baumettes jusqu'à Roussillon, on sut qu'une toute jeune femme, qui n'était pas d'ici mais qui parlait comme tout le monde, preuve qu'elle n'était pas de très loin, travaillait dur et bien. Les hommes ajoutaient qu'elle était jolie et certains, en douce, pour la voir de plus près, se détournaient de leur chemin.

Ce fut Ferdinand, le serveur de la Renaissance qui, le premier de Gordes, entendit son nom. Mis en éveil par la bouche gourmande et l'œil rêveur du pipelet qui la décrivait, il fit en sorte de la rencontrer un jour qu'elle travaillait du côté de Joucas.

Il en revint subjugué, émerveillé à tel point qu'il ne sut cacher son émoi. Il en parla comme d'une perle rare qui l'avait séduit au premier regard. Est-ce la joliesse de la fille, est-ce son mystère qui fascina les clients de la Renaissance, mais il est vrai qu'aussitôt, sous prétexte de chiner le malheureux Ferdinand, tous, les jeunes comme les vieux, se laissèrent aller à rêver de la belle.

Ce fut un dimanche qu'à mon tour j'entendis parler d'elle. Jeannot, le maçon, l'avait rencontrée alors qu'elle pédalait à travers la plaine du Coulon.

— Elle a ce qu'il faut où il faut, affirma-t-il, fin connaisseur.

— C'est une travailleuse comme elle qu'il me faudrait pour tenir ma ferme, ajouta un boit-sans-soif qui usait ses devants de chemise contre tous les comptoirs.

La patronne, une Bretonne pimpante, m'apprit que Mistouline traînait derrière elle un petit bout de fille pas plus haute que trois pommes et brune comme la terre des grandes pinèdes. Que toutes deux allaient partout où il y avait du travail, qu'elles logeaient chez la Maguelone d'Oppède mais que personne ne connaissait leur histoire.

— On l'appelle Mistouline, dit un client accoudé à ma droite, mais ce n'est pas son vrai nom.

— Sa petite s'appelle Mireille, et sûr que c'est une bastarde.

— La mère est un beau brin de fille. Un peu maigrelette peut-être, mais sans doute faudrait-il mieux la nourrir, peuchère !

Chaque jour qui s'achève rapproche Coline de ses vingt et un ans, de sa majorité, du choix de son destin. Elle y pense souvent, les yeux dans le vague, tantôt insensée, tantôt raisonnable. Elle flotte d'une résolution à l'autre, au gré de ses humeurs, au gré de ses émois.

Sa cervelle semble mener les débats mais son cœur ne cesse de lui opposer ses anciennes palpitations. Elle veut décider sagement du meilleur avenir qu'il y a pour elle mais elle ne parvient pas à effacer Dieudonné de son programme. Elle a beau faire, entendre clairement les propos désobligeants de sa mère, relire la dernière lettre de son amoureux déserteur, voir comme si elle était devant elle la femme de la guinguette, elle ne parvient pas à y croire. Bien qu'elle ne soit pas capable d'en fournir la preuve, elle sait que ce Dieudonné-là n'existe pas, qu'il y en a un autre quelque part. Alors elle tergiverse, va et vient, argumente en tous sens tout en arrachant leurs fleurs aux branches des tilleuls.

Rester ici ou bien, ainsi qu'elle l'a un jour promis à sa mère, s'en retourner en Avignon.

Avignon, c'est pour elle le petit logis de la rue de Limas dans lequel elle a passé son enfance et dont elle se souvient dans les moindres détails, c'est un doux cocon fait du velours et du taffetas qui traînaient par terre. C'est aussi la bonhomie des clientes qui la soulevaient dans leurs bras en s'exclamant :

« Cette petite, vé, frisée comme elle est, on dirait un mouton. »

Mais abandonner le ciel léger du château d'Oppède, la maisonnette de Maguelone et le paisible vallon des oiseaux, c'est renoncer, c'est abandonner son rêve...

Mais Coline est une fidèle, une loyale. Elle n'est pas dupe de ses hésitations. Si elle s'y complaît si impudemment c'est comme pour se griser de la volupté d'un pouvoir de décision qu'elle n'a pas. Elle sait très bien qu'en fin de compte elle s'installera en Avignon où, conformément aux souhaits de sa chère défunte, elle exercera le métier de couturière...

Qu'importe, Avignon n'est pas bien éloigné des Esclapières...

Elle écrit une lettre à Philippine, la brave femme qui les avait jadis logées. Celle-ci lui répond aussitôt :

Ma chère petite, Sainte Vierge ! Te voilà donc revenue ! Quel bonheur j'ai eu en ouvrant ta lettre ! Bien sûr que tu peux venir habiter chez moi. Le petit rez-de-chaussée où vous logiez jadis est libre en ce moment, je te le garde...

Mais je dois te dire quand même qu'il te faudra chercher un autre travail que celui de couturière. Peuchère, ici, rien n'est plus comme avant. A présent les femmes achètent leurs robes dans des magasins grands comme des quais de gare. Et tant pis si ça les esquiche par-devant et si ça les tirasse par-derrière, elles sont contentes... La pauvre Rosette qui cousait pour toutes les bourgeoises d'Avignon n'a plus guère de clientes... Que dire de ce monde où les couturières ne peuvent plus coudre ni les paysans travailler la terre...

Quand Coline replie la lettre, c'est sans regret, passe même dans ses yeux comme un éclair de triomphe. Les temps nouveaux et la nouvelle mode ont décidé pour elle. En toute bonne conscience, elle restera chez la fidèle Maguelone, verra l'automne s'installer dans le vallon des oiseaux... et retournera sans fin aux Esclapières.

Un jour de juillet, justement, elle s'y rend sans prendre garde au calendrier des vacances scolaires. Alors qu'elle contourne le plus grand des géants de pierre et s'avance sans crainte, elle surprend Dieudonné parachevant la couverture de son bassin. Elle se fige, se blottit à l'abri d'un rocher et, durant une heure entière, cœur battant de confusion, lèvres humides de plaisir, elle se régale à le regarder faire.

Dieudonné va et vient autour de son œuvre. Dieu ! qu'il est pensif et taciturne ! Dieu ! qu'il est loin d'elle !

Elle a le temps de reconnaître sur son front la mèche rebelle, la moue penaude et les larges mains qui caressent les pierres. Dieu ! que Coline aimerait être l'une d'entre elles ! Elle est tant lassée de solitude et de sagesse !

Elle a le temps de se souvenir de la tendresse de ses grands bras. Dieu ! qu'elle aimerait s'y faufiler et s'y mettre à l'abri ! Elle n'en peut plus de jouer à la vaillante, à l'affranchie…

Pas l'ombre d'une femme n'occupe l'endroit et l'espoir cogne à sa tempe. Elle meurt d'envie de sortir de sa cachette et de se faire reconnaître.

Elle balance, elle hésite… « Celui-là te rendra malheureuse même sans le vouloir », dit une voix lointaine…

A cet instant, un homme barbu surgit du vallon et s'approche de Dieudonné. Les deux hommes se saluent brièvement et se mettent au travail.

Coline soupire et laisse aller sa joue contre la roche tiède. Encore une fois, l'inattendu décide pour elle.

Puisque le présent ne lui est plus favorable, elle embarque pour plus tard. Elle imagine que ce matin, en se levant, Dieudonné lui a demandé de l'accompagner aux Esclapières.

— Tu broderas pendant que je taillerai mes pierres.

Elle a choisi de s'asseoir au pied du plus cossu des géants de pierre et d'ourler un mouchoir. Dieudonné sait qu'elle est là et s'il ne la regarde pas, c'est parce que le travail presse. Qu'importe, quand le soir viendra, il se reposera près d'elle…

François et Dieudonné plongent leur buste dans l'eau froide, enfilent une chemise et disparaissent derrière le grand cèdre. Coline les suit des yeux et, de regret, son cœur se serre. Elle se lève, parcourt les traces de ses pas, saisit ses outils, s'assoit sur le bord du bassin et laisse courir ses mains sur la pierre.

Avant de s'enfuir, elle se faufile dans la cabane pour y laisser le parfum de sa peau, comme un message.

29

Un soir, le toit de mon bassin fut achevé et, repu, vidé, je repris pied dans le réel. Je reculai d'un pas et contemplai mon œuvre : l'ensemble était si beau que je doutais d'en être l'auteur. Quand, à la nuit tombée, j'entrai dans ma cabane, ce ne fut pas un soupçon de parfum qui m'enveloppa mais une bouffée si prenante que j'en suffoquai un instant.

De la même façon que la précédente fois, je ne cherchai pas à deviner qui venait ici en mon absence, je me contentai d'embarquer pour le pays des chimères. Coline m'avait pardonné et me le faisait savoir. Je m'endormis avec elle.

Ne me restait plus qu'à construire la maison de ses rêves... Pas une cabane en carène comme celle de François, si belle fût-elle... Non, il fallait à

Coline quelque chose de plus grandiose, une sorte de bastide faite de longues murailles et d'une tour peut-être… Je la bâtirais sur la mieux exposée de mes berges, celle qui se finissait par la vague de pierre, là où paradait le grand cèdre.

Le lendemain, alors que je détachais des pierres que François emportait dans sa brouette, j'entendis la roue de son engin cahoter d'une manière peu habituelle. Elle bondissait littéralement et François, tout émoustillé, courait derrière.

— Vé, vé, me jeta-t-il en passant, il y a une pin-up qui vient te voir !

Et il disparut derrière un buisson.

Effectivement, une femme grande et brune descendait les escarpements sournois de mes restanques. Elle vint vers moi en arborant un sourire agréable et me salua, coquette en demi-teinte, enjôleuse sans y prendre garde. Elle était très belle et pleine de grâce.

— Bonjour, monsieur, me dit-elle. Mon mari et moi, nous sommes vos voisins.

— Bonjour, madame.

— C'est magnifique ce coin-là, ajouta-t-elle, une main placée en visière pour mieux juger du paysage.

Je donnai un coup de mon pic et détachai une pierre.

— Vous connaissez le propriétaire ?

— C'est moi.

Troublé plus que je ne l'aurais voulu par la séduction qui émanait d'elle, je cherchai une contenance en continuant mon travail.

— Vous retirez les pierres afin de cultiver la terre ? s'informa-t-elle.

— C'est cela.

Elle n'insista pas et me quitta, non sans m'avoir adressé un dernier sourire aimable, un peu trop pudibond peut-être pour être honnête. Dès qu'elle eut disparu, François réapparut. Il laissa tomber les manches de sa brouette et dit en s'essuyant le front :

— Coquin de pas Dieu, qu'est-ce qu'elle est belle, cette femme !

Le soir, je me rendis à l'invitation de François et quand nous fûmes devant notre part d'omelette, il entama le débat :

— J'ai vu que tu ne portais plus ton alliance et que tu passais seul tout ton temps de vacances. Alors, tu n'as plus de femme ?

— Non.

Il haussa les sourcils et baissa la tête pour manger sa soupe doucement, en se régalant. Sa mère, Ginette, tournait autour de la petite table tout en nous caressant, l'un puis l'autre, du regard. Tous deux semblaient gênés et je me sentis désolé de les laisser dans cet embarras. Allais-je leur dire la vérité ? J'hésitais sur l'épaisseur de sincérité que je donnerais à mon explication quand, soudain, je fus pris d'une sorte de vertige, d'un amer écœurement à l'idée de me falsifier encore, et j'eus la tentation de me laisser aller, de me livrer, de me libérer de mes remords en les confiant. Sans l'avoir réellement décidé, alors qu'il me semblait que j'hésitais encore, je fis le pas qui me séparait du simple aveu et, doucement, je prononçai le nom de Coline. Puis je racontai les bords de Siagne, et aussi la guinguette, et enfin Jeanne… Jeanne que je n'avais jamais aimée vraiment.

François m'écoutait sans plus bouger sa cuillère tandis que sa mère allait et venait balin-balan. Quand j'eus fini, un long moment de silence s'étira pendant lequel, sous le regard de François, je me sentis devenir aussi impalpable que lorsque j'étais enfant. Je respirais mal, je sentais mon front se couvrir de sueur à l'idée de lire sur leurs visages la confirmation que j'étais un imbécile, un redoutable hurluberlu, bref, le grand couillon dont parlait mon père.

— C'est une belle histoire, mais comme elle est triste, dit Ginette. Et c'est pour Coline que vous voulez faire une maison…

Ce n'était pas une interrogation, c'était une évidence. Je levai la tête vers elle, elle me regardait avec bienveillance et sa paisible compréhension me stupéfia. Sous son bon regard j'eus la force d'aller plus loin encore, et de ne plus être le charlatan qui, comble de sottise, se mentait à lui-même :

— Non, répondis-je, ceci est seulement une fable que j'ai imaginée pour me consoler, une sorte de sucre d'orge dont je me régale le soir. La vérité est tout autre, j'ai besoin de construire cette maison parce que mes mains tremblent d'envie de manier la pierre, mais aussi parce qu'il me semble que cette envie me tient depuis ma naissance et que de la bâtir me permettra de poser là, devant moi, tout ce qui grouille dans mon ventre, un désir immense de créer quelque chose qui n'existe pas, d'aller jusqu'au bout de mes forces et de savoir, savoir voilà le mot, savoir enfin ce que l'on m'a toujours caché : qui je suis et ce que je vaux vraiment.

Je me tus, tout tremblant de ma propre audace. Le lionceau qui jusqu'ici lacérait mon ventre, enfin libre, se léchait les pattes.

Le plein Bon Dieu d'anges émerveillés envahit à nouveau la cabane.

J'ajoutai sereinement, comme pour faire un clin d'œil à une époque qui s'achevait enfin :

— Je sais seulement que j'aimerais que les murs de ma maison ne laissent passer ni le vent, ni le froid, ni même les coups de tonnerre. Le reste n'a pas d'importance.

François saisit une feuille de journal qu'il étala

sur la table mais à mon grand étonnement je ne le laissai pas faire, je pris le crayon en main et dessinai sans hésitation les plans d'une maison, de la maison que j'avais en tête depuis la nuit des temps. Celle-ci comprenait trois corps de bâtiment, une tour carrée flanquée de deux ailes, l'une tournée vers le sud, l'autre vers le levant. La tour, centrale, haute de deux étages, se terminerait par une sorte de pigeonnier d'où s'en iraient des milliers d'oiseaux blancs, un rêve d'enfant. Jusqu'à tard dans le soir, nous complétâmes ce plan par de grands traits par-dessus l'encre. Quand nous eûmes fini, nous avions devant nous les plans d'une maison de si belles proportions et de si solide charpente qu'assurément elle ne laisserait entrer ni le froid ni le vent, rien de tout ce qui faisait trembler Coline, ma chimère.

— C'est bien, mais réfléchis encore et encore, conclut François. Souviens-toi qu'une maison c'est comme une femme, il te faut la choisir bien à ton goût parce que tu l'auras devant les yeux durant ta vie tout entière et qu'il te faudra pouvoir la regarder jusqu'à ton dernier souffle sans jamais faire la grimace.

Il eut un geste bourru pour replier le journal.

— Pense aussi que les enfants de tes enfants diront un jour : « Cette maison, c'est grand-père qui l'a faite »... et qu'il vaudrait mieux qu'ils le disent fièrement.

30

Le jour suivant, nous étions, François et moi, appliqués à notre tâche quand un petit bonhomme, trapu comme un hercule de foire et saucissonné dans un petit pantalon de toile blanche, se planta devant nous, les bras levés, comme pour témoigner du plaisir évident qu'il avait à nous voir.

— Bonjour, mon voisin, s'écria-t-il.

— Bonjour, monsieur, répondis-je.

— Si je vous appelle mon voisin, c'est parce que je viens d'acheter la propriété voisine. Je suis monsieur Bonnaffaire.

— Ah, bien. Je suis Dieudonné Maurel.

Il faisait une chaleur épouvantable et le pauvre homme qui ruisselait de sueur passait sans cesse un mouchoir sur ses cheveux rares et sur sa peau grasse. Moi, je n'étais pas en train. Toute la nuit précédente, j'étais resté éveillé, tout entier engagé dans une lutte interminable pour chasser de ma mémoire jusqu'à la dernière bouffée de brise venant de Callian et des gorges de Siagne et, de ce combat éreintant, mon humeur s'en trouvait assombrie. A mes côtés, à son habitude, François jouait l'innocent, le brave fada. On eût juré qu'il n'entendait pas.

— Belle terre, n'est-ce pas ?

Je hochai seulement la tête en signe d'acquiescement.

Voyant qu'il ne parviendrait pas à me dérider facilement, monsieur Bonnaffaire, qui de toute évidence désirait ardemment éveiller ma sympathie, força sa voix à devenir fraternelle et se lança dans les confidences en écartant les bras et en poussant sa poitrine en avant. Sa posture, telle celle des fusillés de Guernica offrant leurs corps aux balles des soldats, semblait vouloir dire qu'il se livrait à moi sans défense.

— Voyez-vous, je suis de Lyon, me confia-t-il, une ville merveilleuse mais diablement bruyante, où j'ai monté de mes mains quelques affaires qui ne marchent pas trop mal.

Son air épanoui démentait son ton modeste et les restrictions de son langage...

— J'ai acheté cette propriété pour y jouir du calme de la campagne et, voyez-vous, c'est pour cette raison que je m'inquiète de mon voisinage.

Je n'aimerais pas être réveillé par des cris d'enfants ou des aboiements de chien de garde... Vous me comprenez ? conclut-il bon enfant.

— Ô combien ! assurai-je.

— Savez-vous, dit-il enfin sur l'air de la galéjade, que j'aurais aimé pouvoir acheter votre terre et celle de votre sœur ? Elles font suite à la mienne.

— Dommage, elles ne sont pas à vendre.

— Même un bon prix ?

Je ne répondis pas, il eut une moue entendue et changea de sujet :

— C'est donc vous l'instituteur ? Mais c'est extraordinaire ! Ah, l'instruction ! Dites-moi, cela vous fait une propriété immense ?

— Pensez-vous, dix hectares seulement, dont beaucoup en forêt.

Il mesurait les surfaces en estivant, je les soupesais en paysan. On ne pouvait pas se comprendre.

— Peu importe, qu'allez-vous donc en faire ?

— Les cultiver et construire une maison.

— Cultiver ? Quelle drôle d'idée ! Tant de peine pour si peu de rapport !

— Je ne compte jamais ma peine, je ne compte que mon plaisir. Et du plaisir j'en ai, croyez-moi.

Il me considéra brièvement, les yeux pleins de stupeur. Visiblement, je bouleversais ses certitudes, mais les siennes reprirent vite le dessus. Il prit un air miséricordieux pour affirmer, dogmatique :

— Croyez-moi, vous feriez mieux de vendre. Je vous en donnerai une belle somme qui, bien placée, vous fera des rentes et sans aucune peine.

— Je préfère garder ma terre et tant pis pour la rente…

La commisération se lut sur son visage.

— Vous êtes jeune encore, cela se voit. Mais croyez-moi, sans argent on n'est rien !

Il chargea le « rien » de tout le poids du néant augmenté de celui du dédain.

C'est alors que François, impatient, se mêla à la conversation.

— Ça, c'est bien vrai ! Sans argent, on n'est plus que ce qu'on est et, tron de Dieu, parfois, ce n'est pas grand-chose ! Comme qui dirait : une crotte de lièvre ou un pet de cabri, guère plus… Boùdioù, de quoi se donner la peur !

Surpris par l'accent chantant et le vocabulaire imagé de François, monsieur Bonnaffaire hésita à comprendre. Mais François continua :

— Pauvre, alors, de l'argent, il en faut encore et encore, toujours plus et pas pour manger, boire et dormir, non ! Imaginez un peu tout ce qu'il faut pour transformer un pichounet pet de cabri en un tron de Dieu de pet d'éléphant !

Et François, ravi de son incartade, se remit au travail.

Les bouffissures replètes de monsieur

Bonnaffaire qui s'étaient affaissées un instant reprirent leur aspect jovial et il repartit dans une autre direction :

— Mais à quel endroit pensez-vous faire cette maison ?

— Je ne sais pas encore, prétendis-je. « Malin qui le sait, imbécile qui le dit », disait toujours Pépé Vitourin.

— J'espère que votre construction ne gâchera pas le paysage...

Il rit très fort mais le timbre de la gaieté ne se remarqua pas, la preuve en fut que François releva brusquement la tête pour me lancer une œillade.

Changeant de sujet, monsieur Bonnaffaire s'intéressa pendant quelques instants à mes tas de pierres puis il nous dit au revoir de la même façon qu'il nous salua, chaleureusement.

— Je m'en vais rejoindre ma femme. Elle est toute jeune, il ne faut pas trop la laisser seule.

Il rit grassement de ce qu'il considérait comme une brillante boutade et sautilla de berge en berge jusqu'à ce que le dernier taillis l'avalât.

François s'assit sur un tas de pierres, alluma une cigarette et dit :

— Avise-toi que le cul-cousu que voilà, c'est comme une compagnie de sauterelles. Pour s'en débarrasser, il n'y a qu'une volée de plomb ! Avec son air de deux airs il est prêt à te chercher garouille si tu ne vires pas ton chapeau comme il l'entend. C'est un venimeux.

— Je sais, je l'ai respiré comme toi.

— J'en ai connu un comme ça qui achetait à droite une misère pour revendre à gauche dix fois plus cher, je vole à droite puis je vole à gauche. Il appelait ça travailler, faire des affaires. Des affaires, il en faisait de toutes sortes, et des tours de couillon, et de la politique aussi. Je te fais le pari que celui-là connaît tout un moulon de gros bonnets et qu'il ne tardera pas à te le faire savoir...

— Nous verrons bien.

— Hier soir, après que sa femme soit venue, je suis allé me renseigner. Ils ont fait construire une maison sur le haut de notre colline.

Le lendemain, encore nauséeux, au lieu de me mettre au travail, j'entraînai mon ami François vers le village. Nous entrâmes dans le café de la Renaissance où nous fîmes sensation. Visiblement, François avait bavardé. On vint à moi pour me questionner sur la maison que j'avais l'intention de faire.

— Prends bien garde qu'un jour, elle ne te tombe sur la pastèque ! Ça fait mal.

Je protestai en affirmant que ce n'était qu'un projet mais peu leur importait et ils riaient en me tapant dans le dos amicalement. J'étais enchanté de ressentir leur amitié fraternelle. Qu'ils me considérassent comme un gentil fada ou comme un fanfaron, tous me considéraient et c'était bien là le principal. Au premier pastis qu'on m'offrit, je sentis, venant du fond de moi, une onde chaude inonder mon visage.

A la fin de la deuxième tournée, cependant, on m'oublia et l'événement que constituait l'arrivée à Gordes de monsieur Bonnaffaire prit toute la place. Non qu'il fût le premier *estrangié* à venir s'installer à Gordes, mais la personnalité singulière du bonhomme éveillait la malice autant que la beauté de sa femme suscitait de commentaires.

Jeannot, le maçon, qui avait fait un devis pour monsieur Bonnaffaire avant que celui-ci n'engage un gros entrepreneur lyonnais, allait bon train dans les bavardages, trop heureux d'être à la source des informations. Il nous apprit que la maison en question était immense avec une citerne grande comme un lac qui alimentait trois salles de bains.

— Pas moins, il ne pourra pas se laver dans les trois en même temps !

Et un éclat de rire envahit la salle.

Peu à peu, tous avouèrent plus ou moins spontanément se précipiter à leur fenêtre chaque fois que la Cadillac blanche de monsieur Bonnaffaire s'arrêtait sur la place. Arrivés là, les avis des esthètes qu'ils étaient divergèrent. Les uns n'en finissaient plus de décrire les jambes, la taille et les beaux yeux de madame Bonnaffaire tandis que les autres s'extasiaient à l'infini sur le raffinement de la carrosserie de la belle Cadillac.

En compagnie si agréable, je bus trois pastis et bientôt l'alcool me rendit bavard.

Enfin, on me proposa une partie de pétanque que j'acceptai avec plaisir. A l'issue d'une manche durant laquelle je ne pus que prouver ma maladresse, le maire du village m'entraîna vers la terrasse de la Renaissance où nous rencontrâmes un artiste peintre de ses amis qui nous invita à sa table. La conversation allait bon train quand j'en vins à évoquer mon projet de bâtir une maison en utilisant autant que je le pourrais les techniques des anciens maçons :

— Je ne pense plus qu'à ça, avouai-je. Comment vous dire, construire en pierre en retrouvant les gestes et les secrets d'autrefois est une passion qui me hante depuis que je suis enfant. Il me semble souvent que mon ventre abrite une sorte de squatter opiniâtre qui a tant envie d'empiler la pierre que je crois qu'il me ferait mourir si je ne l'y autorisais pas.

Le peintre m'avait écouté avec attention puis il se pencha vers moi :

— Mais ce double, ce squatter, l'avez-vous déjà laissé faire ?

— Deux fois. La première, il y a longtemps, quand j'ai restauré une minuscule cabane à cochons avec autant de soin qu'en exigerait le palais d'un prince, et puis, plus récemment, quand j'ai fait un bassin recouvert d'une coupole. Je n'ai rien commandé à mon locataire, il m'a suffi de l'affranchir et, aussitôt, il s'est mis à l'ouvrage tout aussi voracement qu'un affamé dévore un morceau de pain. Autour de nous, lui omniprésent et moi impalpable, le monde s'est effacé ainsi que le temps – le temps n'a pas de durée pour cet extravagant. Je n'ai pu reprendre existence que lorsque enfin épuisé, repu comme un nourrisson, il s'est engourdi dans le fond de mon ventre. Je me souviens alors être demeuré stupéfait devant ce que je venais de faire. Ce qui n'est pas étonnant puisque c'était lui qui l'avait fait. Pas moi.

Le peintre me regarda avec amitié :

— Voilà bien ressenti et bien exprimé le secret de la création. C'est donc que vous êtes un véritable artiste et je tiens le pari que votre maison sera une œuvre d'art. Si vous me le permettez, je suivrai avec attention le travail que votre squatter réalisera.

Ses yeux luisaient de malice.

A cet instant, j'ai sauté une barricade. Je ne sais pas laquelle mais je me souviens très bien avoir eu l'impression de passer de l'autre côté de quelque chose qui jusqu'alors finissait mon paysage.

31

Nous étions au début du mois d'août et le soleil tapait fort sur nos têtes. François et moi, nous nous reposions à l'ombre du grand cèdre quand, une fois encore, survint monsieur Bonnaffaire. Il se faufilait à travers les buissons à pas pressés tout en s'éventant de son chapeau de toile...

— Bonjour, voisin, me dit-il en omettant de saluer François.

Je soulevai ma casquette alors que, sans vergogne, le bonhomme époussetait un morceau de rocher afin de s'asseoir familièrement à ma droite.

— Je suis venu pour m'assurer que les bruits qui courent dans le village ne sont que des bavardages... Est-il vrai que vous construisez une sorte de ferme où il y aura des poules et des coqs et caetera, et caetera… ?

— C'est vrai, répondis-je innocemment.

— Comment ? Vous, un homme instruit, un instituteur, vous allez faire le paysan ?

Interloqué, je ne trouvais rien à répondre quand François me donna un coup de coude dans les côtes.

— Le monsieur veut savoir si tu vas élever des coqs qui chantent, des poules qui chient et des mouches qui aiment la fiente.

Son ton était inimitable, un mélange de candeur et de désir de m'expliquer les choses clairement.

Sans me laisser le temps de chercher une réponse, monsieur Bonnaffaire s'exalta.

— C'est bien cela que je vous demande en effet, car, voyez-vous, je suis votre voisin ! Et je ne veux à aucun prix avoir des mouches chez moi, ni être réveillé par les chants d'un coq à cinq heures du matin. Si je fuis les camions poubelles qui me réveillent à Lyon ce n'est pas pour trouver ici d'autres inconvénients ! Vous me comprenez, j'espère. Et de même, j'aimerais que vous fassiez abattre ce cèdre qui cache toute la vue que j'ai de chez moi.

Encore sidéré, je restai coi. François, lui, repartit à l'attaque.

— Le monsieur veut savoir si, sur cette belle terre qui te vient de tes parents, tu vas t'entêter à faire le paysan comme l'était ton père parce que, vois-tu, ça le dérange.

Monsieur Bonnaffaire voulut le faire taire mais François continua :

— Les poules, fan de lune, il les veut bien dans son assiette, sans plumes ni tête, mais pas dans les environs… et, vé, imagine un peu des grosses mouches sur l'embouligue de sa belle femme !

D'un élan élastique dont jamais je ne l'aurais cru capable, monsieur Bonnaffaire bondit sur ses jambes. François en fit de même au même instant. Sentant l'échauffourée approcher je plantai ma grande carcasse au milieu d'eux. Monsieur Bonnaffaire, après avoir brièvement considéré la situation, préféra frapper dans ses mains pour en faire tomber la poussière puis il s'éloigna en hurlant :

— Faites les malins, va, bande de péquenots, vous ne les ferez pas longtemps. J'ai le bras long, vous savez !

Mais François, enragé, le poursuivit en criant en provençal :

— Ah, tu as le bras long ! Ce doit être bien commode pour te gratter le cul, eh, fan de pute, bordille, malfaisant, échappé de galère ! Rentre chez toi ou je t'y mène à grands coups de pied dans le fondement !

Puis il revint vers moi, la mine fière.

— J'aurais pu le recamper d'un seul pastisson, assura-t-il.

L'après-midi même, madame Bonnaffaire me surprit alors que je commençais mes fondations tout en pestant contre François qui n'arrivait pas.

Que venait donc faire ici cette femme ? Elle arborait un sourire éclatant qui découvrait ses dents petites et rondes. Elle s'approcha fort près de moi, à me frôler, bien plus qu'il n'était nécessaire pour seulement me tendre la main.

— Bonjour, monsieur Maurel, susurra-t-elle.

— Bonjour, madame.

Fan de lune, ce qu'elle était belle, et femme, femme jusqu'au bout des doigts.

— Je suis venue excuser mon mari qui, je crois, a été fort désagréable, me chuchota-t-elle à l'oreille alors que personne n'était là pour l'entendre.

— C'est lui qui vous envoie ?

— Oh non ! s'exclama-t-elle. Il n'aimerait pas me savoir là... Mais je suis de la campagne, moi aussi, et, durant le déjeuner, j'ai tenté de le faire changer d'attitude à votre égard...

— Ah bon.

— Venez, asseyons-nous là, dit-elle en saisissant familièrement ma main pour m'entraîner de force vers un muret de pierre. Nous serons plus à l'aise.

J'obéis et m'assis à côté d'elle.

Tout d'abord elle me confia s'appeler Liliane

puis elle me raconta qu'elle était la fille d'un viticulteur du Beaujolais et que c'était en tant que secrétaire qu'elle avait rencontré monsieur Bonnaffaire, bien plus âgé qu'elle, bien sûr, mais si paternel...

Peu à peu, à l'écouter et parce que je n'avais pas à lui répondre, je repris un peu de conscience et perçus, dans ses mines et dans ses gestes, un désir de séduire évident. Le mâle qui sommeillait en moi, très satisfait, s'éveilla. Elle s'en aperçut, se fit plus attirante encore et moi, pauvre de moi, je ne savais plus où était ma tête.

J'étais sur le point de prendre sa main dans la mienne pour l'entendre me conter à quel point son existence était peu satisfaisante quand nous entendîmes un bruit sourd suivi d'un froissement de feuilles.

A cet instant François sauta la dernière restanque.

— Bonjour, m'sieu dames ! Vous avez entendu ? Les sangliers ont chaud, vé, il n'y a pas qu'eux, nom de Dieu, ajouta-t-il, l'air innocent. Ils s'en viennent jusqu'ici pour satisfaire leur soif ! Alors, patron, on se met au travail ?

Et Liliane, après m'avoir jeté un regard tout à la fois éploré et incendiaire, s'en alla.

— Qui c'est qui va se mettre dans la merde jusqu'au menton ? me demanda François, hilare.

Je frottai mon visage de mes mains comme après un long sommeil.

— Nom de Dieu ce qu'elle est belle, cette garce !

— Et comme elle sait bien y faire !

J'effacai d'une grande expiration la chaleur qu'elle avait fait couler dans mes veines.

— Prends bien garde au mari, c'est un venimeux, rappelle-toi !

32

Quand, ce matin-là, Coline décide de se rendre aux Esclapières, ce n'est plus en clandestine ni en rêveuse qu'elle se résout à le faire. Elle y va pour en finir avec un jeu cruel qui n'a ni lois ni fin. Un jeu éreintant dans lequel elle s'épuise indéfiniment pour n'en connaître ni les subtilités ni les stratagèmes.

Aujourd'hui, elle a décidé de se faire reconnaître de Dieudonné, de se suspendre à son cou, de se battre si nécessaire et de gagner sa guerre.

Elle dépose sa bicyclette dans un buisson et s'avance sans étouffer le bruit de ses pas. Dieudonné ne se trouve pas aux alentours de son bassin et elle s'inquiète. Plutôt que d'errer à sa recherche tout au long du coteau, elle choisit de monter au sommet du plus trapu des géants, celui dont la tête chauve domine les plus lointains tourments du versant des Esclapières.

Elle appuie son ventre contre la pierre chaude et aperçoit Dieudonné sur la restanque qui se finit par la vague superbe.

Elle le distingue parfaitement à travers les frondaisons des deux grands chênes. Il creuse une longue saignée entre terre et roche. Il est seul, torse nu, acharné à l'ouvrage. A le contempler ainsi à la dérobée, Coline sent son cœur qui s'affole. Elle n'est plus si sûre d'elle.

Les cigales déchaînées grincent à qui mieux mieux comme là-bas, au bord de la rivière, mais lui, Dieudonné, n'est plus le même. C'est un homme pesant à présent, tranquille, déterminé… si différent de l'adolescent qui tremblait si fort quand elle prenait sa main dans les siennes…

Et s'il la rejetait en se moquant d'elle ?

Elle en mourrait à l'instant, elle en est certaine. Mais sans lui que fait-elle, sinon mourir à petit feu d'un anéantissement bien plus cruel.

Elle hésite encore mais elle sait qu'elle va descendre du dos du géant et apparaître devant lui comme dans un rêve. Elle a si souvent imaginé la scène que celle-ci est devenue nécessaire, inéluctable autant que l'assaut d'une barricade barrant le chemin. Elle s'y prépare, ce n'est plus qu'une affaire d'une minute peut-être, le temps de reprendre bonne figure et de raffermir ses mains.

Quand enfin elle décolle son ventre de la pierre, Coline est sereine, étonnamment calme. Avant d'amorcer sa désescalade, elle abaisse un instant les yeux pour choisir l'entaille de la roche où se placera son pied puis, avant de l'y déposer, elle jette un dernier regard vers la vague de pierre.

Dieudonné a cessé de travailler et il regarde en direction du grand cèdre. Il voit accourir vers lui une jeune femme très belle qui s'empresse. Celle-ci approche, sûre d'elle, jusqu'à frôler le corps de Dieudonné couvert de sueur. Elle prend sa main et la garde dans les siennes.

Dieudonné ne proteste pas, il se laisse faire. Il a posé son outil pour mieux se laisser distraire. Il regarde la femme qui prend des poses, rit aux éclats, frétille et parle sans cesse.

La femme prend familièrement le bras de Dieudonné et l'entraîne.

Dieudonné obéit, sourit, fait un geste vers elle.

Le cœur de Coline chavire et s'arrête tandis que son corps glisse tout le long de l'échine lisse du géant de pierre.

Coline se sent lasse, lasse et bouleversée, à bout de résistance. Contrairement à ce qu'elle avait prévu, elle a survécu à l'imprévu, à l'horreur. Elle ne s'est pas battue non plus, l'autre lui est en tout point supérieure.

« Plus rien, jamais ne me fera de mal », murmurait-elle en traversant les collines des Maures.

Adrien le savait : elle ne parviendra jamais à voir le monde tel qu'il est vraiment.

« La vie est ainsi faite, absurde et sans grâce », disait-il en la berçant dans ses grands bras. Et elle ressent soudain tant de vide en elle, tant de nécessité d'amour, tant de surcroît de tendresse, qu'elle se débat, presse ses mains autour d'elle :

— Adrien !

Adrien est tout ce qui lui reste. Il savait la consoler, comme à Ramatuelle, sur le chemin de sable :

La vie n'est qu'un passage,
il vaut mieux, tel le sage,
la prendre comme elle vient
que de lutter contre le vent[9].

Adrien, Adrien, elle l'appelle sans cesse. La nuit, en sa compagnie, elle traverse la Provence à l'envers, avec lui elle s'éloigne, grâce à lui elle abandonne enfin. Près de lui tout est simple, la terre, la mer, le ciel sont tout ce qui l'intéresse. Il connaît le nom et l'usage des plantes, devine où vont les bateaux et prévoit le temps de demain. Ensemble, ils s'étendaient sous les fourrés de noisetiers et baignaient leurs pieds dans l'eau des rivières. Il lui désignait la lune :

« C'est la bergère blanche et son troupeau d'étoiles... »

La nuit, il expliquait pour elle les battements d'ailes :

« La chouette se rapproche, elle nous surveille... »

Il l'aimait, lui, elle en est certaine.

Coline écrit une lettre à Daniel de Saint-Maximin :

Appelez-le, je vous en prie, dites-lui qu'il revienne. Dites-lui que sans lui, Coline est malheureuse et qu'elle ne sait pas se conduire, qu'elle ne parvient pas à survivre à sa peine...

Dites-lui que je veux le suivre, m'en aller sur les chemins et comme lui, apprendre à ne plus jamais penser à demain. Dites-lui encore qu'il me manque, dites-lui enfin que je l'aime...

Adrien est chez un de Castellane quand le message de Coline le frappe en plein cœur. Il ne s'attarde pas un jour ou deux chez son ami ainsi qu'il l'avait prévu, il reprend la route dès le lendemain. Il s'en va rejoindre Coline au plus court, au plus droit, sans jamais quitter la montagne, de Castellane à Digne, souvent dans le noir de la nuit parce que l'été se finit et que les jours sont trop brefs.

Quand il arrive à la petite maison d'Oppède, il enveloppe Mireille de son grand manteau, la pose sur son dos puis il prend Coline par la main.

— Viens, dit-il.

Adrien s'applique à rétrécir son pas comme il le faisait autrefois. Têtes baissées sous les rafales de mistral, tous trois s'enfoncent dans le vallon de Combrès, celui où il fait si bon, où les ailes des cèdres étouffent les bouffées méchantes.

D'une main, Adrien maintient Mireille, de l'autre, il enlace Coline par les épaules. Elle, elle l'enserre de son bras fluet, s'accroche à sa ceinture. Elle est si petite et lui si grand.

Quand le mistral s'éteint avec le soir et que l'air se mouille de frais, Adrien remet son manteau et prend Mireille dans ses bras.

Ils marchent sans se presser puis ils gravissent la roche dure et les sournoises coulées de pierres. Ils parviennent au sommet d'une crête, la plus éloignée de toutes.

— Regarde, vois combien, vue d'ici, notre Provence est belle !

Puis ils plongent à l'adret d'une combe abrupte par laquelle les chasseurs ne passeront pas. A mi-flanc, ils s'endorment dans une baume où se cachèrent peut-être les Vaudois.

Cette baume qui m'abrite
du soleil de la garrigue
et où, la nuit, je dors tranquille : et, tiens
cette petite vasque
que la sueur de la caverne
emplit d'une eau éternelle[10]...

Coline est heureuse, pour un oui pour un non, elle se serre contre Adrien et l'embrasse à perdre haleine. Elle a tant d'amour à donner et tant besoin d'en recevoir.

Alors que Mireille dort, Adrien et Coline se couchent l'un contre l'autre et, face aux étoiles, ils se parlent.

D'Oppède à Bonnieux, mais aussi des Imberts à Saint-Pantaléon, le bruit a couru comme une bouffée de mistral :

— Mistouline est partie !

— Où est-elle allée ?

— On ne le sait pas. On dit qu'Adrien, celui qui chante dans les fêtes, a mis la petite sur son dos puis qu'il a pris Mistouline par la main et qu'ils sont entrés dans la montagne par le vallon de Combrès.

— Va, Maguelone, dis-nous ce qu'elle est devenue !

— Je ne sais pas, répond Maguelone qui tremble pour eux.

33

Ce soir-là, quand nous entrâmes à la Renaissance, au grand bruit des voix, nous sentîmes tout de suite qu'il se passait quelque chose d'inhabituel. La colère grondait et les joueurs de manille avaient abandonné leurs cartes en fouillis sur les tables. Malgré tout ce qui les séparait, ceux du Cercle républicain avaient traversé la rue pour se joindre à la bataille. Je crus qu'il était encore question de guerre ou de politique mais je me trompais lourdement.

Monsieur Bonnaffaire était encore au centre des bavardages. J'appris que celui-ci, non content de posséder une propriété superbe, venait d'acheter d'autres terres, plus de cent hectares de forêts et de garrigues... Des terres que moi, l'innocent venu d'ailleurs, je savais déjà être les terres du communal, des terres à tout le monde en quelque sorte. Des territoires de chasse, de pâture, de cueillette, de battage ; chemins de traverse, drailles de troupeaux ou de passage pour tous les habitants des environs.

Le clerc de notaire, à la source de cette information confidentielle, avait laissé entendre que monsieur Bonnaffaire, sentant le vent venir, se faisait fort d'y faire venir l'électricité et l'eau puis d'attendre patiemment que la demande se fasse intéressante avant de revendre le tout par morceaux.

Quand j'ajoutai à la liste de doléances les injonctions que monsieur Bonnaffaire venait de me faire, la révolte approcha de la révolution. Au centre de la bataille, le malheureux maire, pourtant brave homme intègre, acculé contre la cloison, défendait son honneur et sa bonne foi. Il assurait que l'affaire avait été manigancée par un ou deux maquignons des Eaux et Forêts et qu'il était bien trop petit pour avoir pu l'empêcher. La loi, bien muselée et bien ficelée, serait à coup sûr du côté de monsieur Bonnaffaire. Et puis, tron de l'air, les temps n'étaient plus les mêmes, ajouta-t-il en repoussant ses assaillants, il fallait songer à l'essor formidable qu'apporterait au village l'arrivée de nouveaux habitants. Les nouveaux impôts permettraient de moderniser les canalisations et d'alimenter en eau le village et les campagnes, tati, tata... Le pauvre diable se défendait avec acharnement.

Mais les chasseurs ne l'entendaient pas de cette oreille, ni les paysans, ni les villageois d'ailleurs qui ressentaient cette intrusion comme un vol, un viol, un assassinat...

— Gare ! A pisser contre le vent on se mouille les brayes !

Tous parlaient de se défendre ou de se venger. Je les écoutai longtemps et, peu à peu, m'apparut alors que bien plus que la mainprise de monsieur Bonnaffaire sur leur terre, manœuvre dont beaucoup pressentaient déjà les avantages immédiats, ce qui les rassemblait était l'offense qui leur était faite. L'offense que leur infligeaient les paroles méprisantes du bonhomme. En effet, monsieur Bonnaffaire n'y allait pas de main morte. Derrière sa bonhomie affichée, veillait une sensibilité d'excavatrice-pilonneuse qui vrombissait à la moindre opposition : culs-terreux, bouseux, fainéants, ploucs, péquenots et autres bons à rien... La richesse de vocabulaire, que ne compensait pas le moindre tact, ne faiblissait pas quand il s'agissait d'anéantir les opposants à son implacable ambition. Ses arguments prenaient leur force dans l'éternel mépris de l'envahisseur pour l'envahi, dans la volonté de ne pas connaître pour ne pas avoir à reconnaître. Mépris stratégique universellement connu qui consiste à dénigrer pour rabaisser afin de pouvoir régner en toute bonne conscience…

Quant à ceux de Gordes, ne leur restait pour laver l'injure que la colère brute et la rancune.

Ce fut madame Bonnaffaire, talon d'Achille de son ignominieux mari, qui, très vite, devint l'enjeu de leur revanche. Rapidement, tous y mêlèrent l'envie qu'ils avaient d'elle et la haine qu'ils avaient de lui.

— On va te le faire cocu, celui-là ! Vé, à la première occasion et avec plaisir même.

— Surtout qu'elle ne demande que ça…

Les rires fusèrent et André demanda à haute voix :

— Qui se dévoue ?

Incroyablement, quelques têtes se tournèrent vers moi.

Nous revenions à pas lents vers les Esclapières en commentant les événements quand François s'écria :

— S'il n'est pas content de notre compagnie et s'il ne veut pas de mouches ni de poules, c'est au mont Ventoux qu'il aurait dû aller se mettre !

Cette boutade me donna une idée que je confiai à François. Il en fut à ce point ravi qu'au lieu de poursuivre notre route, nous revînmes au village.

34

Une semaine plus tard, monsieur et madame Bonnaffaire reçurent un billet très joliment libellé sur un papier à en-tête de la mairie, les invitant, le dimanche suivant, à une sorte de réception amicale chez monsieur le Maire.

Le jour convenu, vers une heure et demie, heure subtilement choisie entre empressement et condescendance, quand monsieur Bonnaffaire et sa femme arrivèrent dans la ferme des Imberts qu'ils pensaient être celle du maire, ils garèrent leur voiture sous les conseils de Félicien de Modène, si serviable, qui, par hasard, rôdait par là. Ensuite, monsieur Bonnaffaire et madame, radieuse et très belle, se dirigèrent vers la maison très modeste ma foi, mais coquette toutefois sous sa glycine abondante.

Arlequine, la femme du maire, un peu rondelette mais fort gracieuse cependant, les accueillit à bras ouverts :

— Mon mari a été retardé par un malencontreux incendie qui s'est déclaré aux alentours de Fontaine Basse, mais il ne tardera pas, commençons sans l'attendre.

Il y avait là une douzaine d'invités, tous de bonne mine, qu'on leur présenta rapidement puis on but le pastis et on leva cent fois son verre à la santé de la belle Provence bénie des dieux que tant d'étrangers nous envient si vivement.

Le temps était splendide et le soleil régnait en maître sur la treille sous laquelle étaient installées les tables. L'aïoli aux escargots, piquant à souhait, régalant les gosiers, fit rapidement se multiplier les éclats de rire et vaciller le timbre des voix.

Madame Bonnaffaire était entourée de deux beaux jeunes hommes inconnus mais, somme toute, si charmants et si gais qu'elle lia rapidement connaissance. Monsieur Bonnaffaire, lui, était assis entre la femme du maire et monsieur Minuto, clerc de notaire à Carpentras, un homme parfaitement cultivé qui avait comme qualité principale d'approuver tout ce que lui-même affirmait péremptoirement. Ravi de se trouver en si bonne compagnie, enjouée et bien peu guindée, ma foi, monsieur Bonnaffaire se détendit tout en regrettant cent fois que monsieur le Maire n'arrivât point. La conversation allait bon train et monsieur Bonnaffaire, bien qu'aimant modérément l'ail, prit bien garde de faire honneur aux plats afin de ne pas blesser la sensibilité de son hôtesse. Dieu merci, après chaque bouchée d'escargot enrobé d'aïoli, une gorgée de rosé lui permettait d'éteindre les flammes de son gosier que le bon ail de Provence y avait allumées.

Le soleil, le vin et l'ail, tout le monde vous le dira, sont trois diablotins qu'il faut avoir apprivoisés depuis l'enfance pour qu'ils puissent faire bon ménage. Hélas, s'il parvint à dominer la clairette de Provence, monsieur Bonnaffaire laissa les deux autres s'ébattre et se battre tant et si bien que le rosé coquin prit l'avantage. Monsieur Bonnaffaire tomba la veste et desserra la cravate.

A la fin du repas, alors qu'on apportait les tourtes aux prunes et le vin de noix, monsieur Minuto baissa la voix pour murmurer à l'oreille de monsieur Bonnaffaire :

— Il est bien dommage que vous ayez déjà réalisé une opération financière car j'en aurais eu une autre à vous proposer... une incroyable affaire ! Un immense domaine avec maison de maître, un château quasiment, superbe, extraordinaire, en excellent état et bien situé, avec une vue superbe ! Nous l'avons à la vente, et, me croirez-vous, pour une poignée de figues, une parpelle d'agasse ! Incroyable, non ! Cela aurait pu intéresser quelqu'un de votre envergure... Dommage. N'en parlons plus...

Monsieur Bonnaffaire, bien que ballonné, suant et rotant, souleva une paupière.

— Quelle surface, la terre ? Et quel prix, le tout ? demanda-t-il sans presque desserrer les dents.

Monsieur Minuto baissa encore d'un ton et susurra à la même oreille une surface gigantesque suivie d'un prix tout à fait modeste.

Monsieur Bonnaffaire laissa retomber sa paupière.

— On peut aller voir ?

— Bien entendu, mais sans tarder toutefois. J'ai rendez-vous demain matin avec un commerçant de Marseille que cette affaire intéresse, vous vous en doutez, au plus haut point...

Monsieur Bonnaffaire laissa passer un instant, presque rien, une seconde :

— Ne pourrait-on pas y aller aujourd'hui, juste pour voir ?

Monsieur Minuto eut une moue qui vira très vite de l'étonnement contrarié à la résignation dévouée...

— Mais... avec plaisir, s'empressa-t-il enfin.

Et c'est ainsi qu'un peu plus tard, après qu'ils eurent achevé une dernière bouteille de clairette pour faire glisser la tourte pâteuse et bu un large doigt de vin de noix – « Seulement pour le goûter ! » avait insisté son hôtesse –, les deux hommes prirent congé et s'acheminèrent vers la Cadillac de monsieur Bonnaffaire. Hélas, celle-ci, coincée par un malencontreux tracteur, se révéla inutilisable et monsieur Minuto entraîna alors notre compère vers sa propre voiture, une deux-chevaux boueuse qui contrastait curieusement avec l'élégance de son propriétaire. Mais monsieur Bonnaffaire, entouré, cajolé et saoul à ne plus savoir qui il était, se laissa faire.

La deux-chevaux manœuvra lentement et ce n'est que lorsqu'elle accepta de prendre un peu de vitesse, c'est-à-dire lorsqu'elle passa devant la maison du maire, que monsieur Bonnaffaire, tout interloqué, vit sa femme titubante déambuler au milieu de la cour de ferme au bras de ses compagnons de table :

— Arrêtez-vous, hurla-t-il.

Le clerc de notaire, complaisant, s'arrêta à hauteur de la petite troupe.

— Où vas-tu ? demanda-t-il à sa femme après un petit rot qu'il n'eut pas le temps d'étouffer de sa main.

L'un de ses compagnons se pencha à l'oreille de la jolie femme comme pour lui souffler sa réponse.

— Je vais jouer à la pétanque avec les boules de ces messieurs, gloussa madame Bonnaffaire.

— Laissez-les faire, ce sont des gentlemen, intervint monsieur Minuto.

Et, précipitamment, sans prendre garde aux borborygmes contrariés de monsieur Bonnaffaire, la deux-chevaux redémarra dans un hoquet et s'en alla vers la route qui serpentait tout là-haut.

A mi-coteau, un homme attendait avec un petit pliant sous le bras. Monsieur Minuto, devenu légèrement gouailleur, s'arrêta devant l'énergumène. L'aïoli aidant, monsieur Bonnaffaire ne s'étonna point de voir le chenapan monter à l'arrière de la voiture et vaincu, ivre mort, il sombra dans une irrépressible somnolence.

La route sinueuse n'en finissait pas. La petite deux-chevaux bleue qui tanguait dans les virages comme un pointu dans une tempête de mistral berça si bien monsieur Bonnaffaire que celui-ci, le cœur au bord des lèvres, préféra s'endormir carrément.

Après une bonne heure de route, ce fut l'air frais du mont Ventoux qui le réveilla. Les deux hommes, qui avaient perdu leurs bonnes manières, le firent descendre sans ménagement, l'assirent sur le petit pliant face au splendide panorama et le laissèrent là, en disant :

— Vaqui ! Nous pensons que vous allez être bien ici. Point de coq ni de mouche, rien que du bon air !

Et l'autre ajouta, prévenant :

— Vé, tenez donc bien fort votre chapeau sur votre tête que le soleil ne vienne pas vous roustir la cervelle !

Puis ils disparurent pour revenir chacun dans leur village lointain. L'un était de Malaucène, l'autre de Tarascon. Amis ou parents de ceux de Gordes et toujours prêts *à donner la main*.

Quand les gendarmes de Carpentras ramenèrent monsieur Bonnaffaire à sa maison, madame Bonnaffaire arrivait en compagnie des gendarmes d'Apt qui l'avaient ramassée au bord de la route qui montait aux Esclapières.

— Ce n'est pas raisonnable de boire autant que ça, dirent en chœur les braves gendarmes. Nous, on a plus urgent à faire que de ramener chez eux tous les empègués du canton !

Mais monsieur Bonnaffaire, on l'imagine, n'en resta pas là. Dès le lendemain, il se rendit à la mairie, enfonça la porte du maire qui le reçut surpris et tout à fait innocent.

Monsieur Bonnaffaire se rendit ensuite à la maison de l'aïoli de la veille où une vieille femme toute tremblante au milieu de ses poules caquetantes entendit ses réclamations :

— Mais, mon bon monsieur, qu'est-ce que vous me dites là ? La femme de monsieur le Maire, mais elle est chez elle certainement ! Le clerc du notaire de Carpentras, deux grands messieurs en bras de chemise ? Mais, mon beau, je ne connais pas tous ces gens-là ! Allez donc voir à la mairie, on vous renseignera…

Indéfinissable fut la nuance du regard du gendarme d'Apt qui reçut la plainte contre X déposée par monsieur Bonnaffaire…

Pendant ce temps, au Cercle républicain comme à la Renaissance, dans un brouhaha épouvantable, chacun à sa façon racontait l'histoire en se tapant sur le ventre et en rajoutant tant et plus comme il est coutume de le faire en Provence. Le soir tombé, ils vinrent en bande aux Esclapières, saisirent Dieudonné et François par les jambes et les portèrent en triomphe à travers les restanques.

35

Cela faisait des jours et des jours que plus aucune exhalaison ne m'accueillait quand il m'arrivait de m'étendre au frais le soir dans ma cabine. J'avais beau tendre le nez comme un chien de chasse, je n'aspirais qu'une odeur âcre et sans grâce qui ne pouvait être que la mienne. Les rêves fous qui me berçaient si bien n'avaient plus, pour prendre forme, la pointe de réalité dont ils avaient besoin et je devais m'endormir dans le néant, comme un orphelin.

Ce ne fut que vers la mi-septembre que j'appris que ma demande avait été acceptée et que j'étais nommé à l'école de Murs, à six kilomètres de Gordes. Ma nomination en main, je partis aussitôt, le corps tout bourdonnant de béatitude, comme un insecte fou à travers les ruelles du village.

A la Renaissance où je partageai ma joie avec mes nouveaux amis, on me congratula, on me tapa vingt fois sur l'épaule.

Ce fut ce jour-là que j'appris la disparition de Mistouline. Mis à part ma nomination à l'école de Murs qui ne retint l'attention qu'une dizaine de minutes, c'était l'importante nouvelle. La Mistouline, si belle, avait disparu et Ferdinand, le front bas, servit nos verres d'une main qui tremblait de dépit. Dans sa cuisine, le cuisinier, indifférent, chantait Vincent Scotto en secouant ses poêles :

Catalinetta belle chi chi…
Tu n'as que seize ans et… faut voir comme
Tu affoles déjà… tous les hommes…

— La Mistouline ne doit pas être bien farouche pour suivre un gaillard pareil, dit Jules, le pistachier.

— Qui donc ?

— Adrien, un grand pantin d'homme, un qui chante dans les fêtes. On dit qu'il est arrivé un beau matin, il a mis la petite sur son dos, il a pris la femme par la main et ils sont entrés droit dans la montagne par le vallon de Combrès.

— Il faut se méfier des mules par-derrière et des femmes par-devant !

Ils étaient jaloux.

— Connais-tu cet homme ? demandai-je a François.

— Adrien, le troubadour ? Tout le monde le connaît mais sans jamais bien le connaître. On dit qu'il parcourt à pied toute la Provence et qu'on peut le rencontrer à Nice comme à Marseille aussi bien dans les ports du bord de mer que dans les hameaux de montagne. Tu verrais cette tron de carcasse et ces jambes de géant qui avalent les kilomètres ! Une fois, je l'ai entendu chanter à la fête patronale de Forcalquier, il a une voix qui vous fait dresser les cheveux sur la tête.

Autour de moi, les hommes de Gordes ruminaient leur déception. Celle qui, par son secret, sa belle mine et sa solitude, les avait tant fait rêver, était partie avec un bohémien habillé comme un chiapacan. Mistouline la belle n'était, en vérité, qu'une moins que rien.

J'écoutais avec mauvaise humeur leurs propos dépités.

— Elle en avait déjà un bastardon, té, elle va nous en faire un deuxième.

Mais peu à peu, le pastis aidant, leurs regrets reprirent la forme des songes. L'un se souvint qu'elle était douce comme un ange avec une chevelure aussi blonde que les blés de juillet, aussi légère que la toison d'une agnelle.

Un autre assura qu'elle avait des yeux pleins d'un bleu aussi bleu que l'eau de Fontaine-de-Vaucluse quand, au petit matin, le ciel s'y reflète.

— Fan de lune, reprit le premier, frisée comme elle était, on aurait dit un mouton !

Mon cœur fit un bond. Le portrait que j'avais écouté distraitement venait d'être ponctué par un détail qui l'achevait enfin, comme d'un dernier coup de pinceau le peintre donne à l'œil son regard.

J'ai fini mon verre sans plus desserrer les dents…

… Ma Coline à moi n'avait pas de petite fille avec elle.

Depuis la mi-août, c'était rituel, dès qu'elle en avait le loisir, madame Bonnaffaire venait me rendre visite, invariablement lorsque j'étais seul. Elle se faisait sirène ou panthère et, souvent, nonobstant ma mauvaise conscience et malgré les avertissements répétés de François, je succombais et l'entraînais sous le couvert d'un buisson.

Et plus madame Bonnaffaire prenait de place dans mon emploi du temps, plus le bord de la rivière me revenait en mémoire. Cela faisait cinq ans que j'y avais laissé une partie de moi-même, quelque chose d'essentiel comme le cœur ou les poumons. Plus j'allais de l'avant dans ma propre existence, plus cette mutilation prenait de l'ampleur. Une ampleur nouvelle, plus pesante et plus aiguë que celle de mes sanglots ou mes remords d'antan. J'avais au creux du ventre un espace inutile qu'aucune autre femme ne comblerait jamais. Jamais, je le savais maintenant.

Mais ce n'était pas tout, hélas. Si je fouillais ce vide pour savoir de quoi il était fait, j'y découvrais plus déchirant encore : la vérité. Coline vivait ailleurs et sans moi, voilà de quoi était faite ma souffrance. Qu'elle rie sans moi, qu'elle aille et vienne où je n'étais pas, qu'elle prenne soin d'autres blessures que des miennes, qu'elle aime... Ô Ciel ! Qu'elle soit aimée !

J'eusse préféré la savoir morte et enterrée.

J'étais ladre et jaloux à en crever.

Mais encore plus loin, encore plus profondément enfoncée, gisait ma lâcheté : *Ô ma Coline, ma tant aimée... pour toi je me ferais pêcheur, chasseur, belle brume, onde limpide, ... et je t'aurai*[2]... lui chantais-je autrefois.

De toutes ces vaillantes promesses, qu'avais-je fait en vérité ?

Rien, sinon maudire le ciel et me lamenter.

36

Je voulus alors, pour me rassurer peut-être, reprendre le fil de mon histoire. Il ne m'en restait qu'un bout dérisoire, en charpie, une trace improbable, celle qui menait en Avignon. Coline y avait habité autrefois...

Je m'y rendis un matin et y pénétrai par la première porte des remparts qui s'ouvrit devant moi. Je roulais à faible allure au milieu des platanes quand je découvris le palais des Papes.

En revenant de l'école, j'en frôlais les murailles...

Je stationnai puis j'en fis le tour, tête levée, distrait, avant de m'enfoncer dans les ruelles avoisinantes. J'allais de rue en rue, ému, songeur, sans beaucoup d'espoir, quand je lus sur une plaque : rue de Limas. Ce nom aussitôt résonna dans ma mémoire associé à celui d'une certaine Philippine, tantine comme disait Coline.

Nous logions chez elle, au bord d'une courette dans laquelle le linge séchait en un instant...

Tout attendri par la magie du destin qui, faisant une boucle du cours de notre vie, permet parfois au passé de se nouer au présent, je descendis la rue dans son entier en laissant traîner mon regard sur les portes.

Certes non, je n'étais pas guéri. Alors que j'arpentais le trottoir, une inconcevable amertume se mit à soulever ma poitrine en longues vagues affluantes et refluantes que j'exhalais en soupirs intarissables. J'eus beau m'éloigner plusieurs fois de cette rue, malheureux, abattu, j'y revins autant de fois comme si je ne parvenais pas à me suffire de cette humble découverte, de ce misérable pèlerinage.

Quand midi sonna, j'étais encore à déambuler, rivé à ce quartier, cramponné à mon fil qui se désagrégeait entre mes doigts. J'entrai dans une boulangerie pour acheter une part de fougasse et ce n'est qu'au moment de payer que je demandai à la marchande :

— Connaissez-vous Philippine ?

— Bien sûr que je la connais Philippine, c'est ma voisine, me répondit la boulangère. Elle est sûrement devant sa porte, un peu plus loin, sur votre droite.

En sortant de la boutique, je jetai un œil vers la

droite. A quelques pas de là, contre le mur, sous un chapeau de paille, une vieille femme tricotait un bas de laine. Elle avait dû me voir passer vingt fois devant elle et elle me surveillait encore du coin de l'œil.

Peu m'importait. Quelque chose de bien plus violent faisait battre mon cœur : à présent, j'étais au pied du mur. Si je faisais un pas de plus, j'allais peut-être savoir. Voulais-je vraiment savoir ? Voulais-je réellement recevoir en plein cœur la certitude que Coline vivait ailleurs, sans moi, qu'elle en aimait un autre peut-être ? Plus question dès lors de pantailler en respirant un lambeau de parfum fugace.

Au lieu d'avancer, je m'appuyai à la vitrine. La brave femme leva la tête et me lorgna une fois, deux fois. Curieuse, elle posa son tricot sur ses genoux et me héla :

— Vous cherchez quelqu'un ? Voilà un petit moment que je vous vois radasser autour de ma porte comme une guêpe sur une côtelette !

Je ne pus reculer sans fuir.

— Je cherche madame Philippine.

— Qu'est-ce que vous lui voulez ?

— Lui parler.

— Pardi, lui parler ! Je me doute bien que vous n'allez pas l'étrangler. Philippine, c'est moi, et vous, qui êtes-vous ?

— Dieudonné.

— Et qu'est-ce que je peux faire pour vous ?

Je m'approchai.

— Vous souvenez-vous d'une petite fille qui s'appelait Coline ?

— Pensez un peu si je m'en souviens ! Vé, asseyez-vous donc là.

Dès que je fus installé près d'elle, mon anxiété vola en éclats pour laisser la place à une sorte de fascination mélancolique. J'allais contempler Coline dans un miroir. Pour la première fois, j'allais entendre parler d'elle par une autre personne que moi.

Alors que, subjugué, je ne bougeais plus pour mieux l'entendre, Philippine s'envola vers les années d'Occupation, du temps où Coline, petit ange blond, vivait dans sa maison. La brave femme caressait la vie de Coline en l'effleurant afin de mieux se souvenir de la sienne. On eût juré qu'elle parlait d'une ombre, d'une absente. Jamais elle ne me livra plus que des faits sans importance. Bien qu'ils ne fissent qu'augmenter ma soif de savoir, je les bus avec délice. Le fil que je croyais trop mince pour le suivre redevenait solide. Il allait m'amener à Coline, enfin, dussé-je en mourir de chagrin. Comme on se jette à l'eau, je l'interrompis soudain :

— Où est-elle à présent ?

— Dites-moi, mon bon monsieur, qui êtes-vous pour me demander cela ?

— Je suis son ami et je l'ai connue autrefois...

Quand, comment, où, pourquoi ? Philippine voulut tout savoir et moi, je restai coi. Qu'aurais-je pu lui dire sans me montrer tel que je ne voulais pas que l'on me voie ?

— Eh bé, je lui parlerai de votre visite, me répondit-elle, vexée par toute la discrétion dont je faisais preuve à mon endroit.

— Elle vient donc vous voir ?

Mais Philippine avait repris son ouvrage d'une main et de l'autre, elle me fit un signe qui voulait dire :

— Allez zou, passez votre chemin, je ne vous dirai plus rien.

Et je partis sans insister, sans laisser un message. Délivré, malgré moi.

Délivré de mon angoisse. Il me fallait du temps pour reprendre mon souffle, pour comparer ma douleur présente à ma douleur future, pour chercher une raison de croire.

Ah, il était beau le lionceau impatient qui rugissait si fort les jours précédents. A n'en point douter il avait déjà perdu ses dents. Je revins chez moi en maudissant ces culbutes, ces soubresauts de vaillance et de déconfiture, ces brefs éclairs de lumière dans lesquels je m'apercevais différent, grandi, vaillant, comme on peut diversement entrevoir un navire dans le balayage d'un phare…

Après quelques nuits de tourments semblables à bien d'autres, je compris que l'espoir improbable plus que la débâcle certaine est insupportable. De celle-ci, on guérit, de l'autre, de l'incertitude, on est inguérissable. L'illusion, la chimère sans cesse suinte de la plaie et pourrit le sang.

Plusieurs jours plus tard, à l'aube, je repartis pour Avignon.

Ma camionnette dépassait à peine mes géants de pierre lorsque j'aperçus madame Bonnaffaire qui avançait sur mon chemin. Etant donné l'étroitesse du passage, je ne pus l'éviter et, contrarié mais poli, je m'arrêtai à sa hauteur. Elle me fit son numéro de charme coutumier puis elle s'imposa dans ma voiture en s'exclamant :

— Avignon ! Je t'accompagne, j'ai quelques courses à faire.

Pour ne pas traverser le village en sa compagnie je fis le détour par les routes de la plaine. Quand nous pénétrâmes dans Avignon, j'abandonnai madame Bonnaffaire sur la place de l'Horloge en lui donnant rendez-vous une heure plus tard à la terrasse d'un café puis je me dirigeai à grands pas vers la rue de Limas. Philippine était à la même place, assise sur sa borne de pierre. Je la saluai. Elle me parut plus aimable que la précédente fois.

— Bonjour, monsieur. Que puis-je faire pour vous être aimable ?

— J'ai bien réfléchi et je vais à mon tour vous dire comment j'ai connu Coline Muller.

Son visage s'éclaira et, sans attendre, elle fouilla dans la poche de sa robe.

— Vous tombez bien, figurez-vous que j'ai reçu une lettre de la petite le jour même où vous êtes venu me voir.

Comme mes jambes se mettaient à trembler, je m'assis à côté d'elle. Elle tripota l'enveloppe et en sortit une lettre pliée en quatre qu'elle nicha dans le creux de sa main.

— Alors, mon beau monsieur, je vous écoute.

J'ouvrais la bouche pour dire le conte que j'avais préparé, une sorte de récit expurgé dans lequel le destin plus que le héros se conduisait mal, quand un claquement pressé de talons nous fit lever la tête : madame Bonnaffaire m'avait suivi aussi vite que le lui permettaient ses escarpins. Elle se précipita vers moi :

— Mon Dieu ! Mon chéri ! Pardonne-moi ! Je n'ai pas un sou dans mon sac, pas même de quoi payer mon verre ! Peux-tu me donner quelques francs, je te prie ?

Madame Bonnaffaire me souriait, séductrice, comme elle seule savait le faire. Quand elle fut partie, je fis à nouveau face à Philippine :

— C'est ma voisine, dis-je.

— Fan de pied, vous avez une bien belle voisine... et cocagne ! Bien aimante, ma foi !

Son ton était sévère. Elle tripota encore la lettre

sans la déplier puis elle remit le tout dans son enveloppe et son visage se ferma. Elle baissa la tête et reprit son ouvrage tout bonnement comme si je n'existais pas.

— Passez votre chemin, votre histoire ne m'intéresse pas.

— Où est-elle ?

— Je ne sais pas.

— Regardez le tampon sur le timbre.

— Je ne le peux pas.

— Donnez-la-moi.

Elle releva les yeux, les yeux seulement. Tout le désaveu du monde était concentré dans son regard.

Je récupérai madame Bonnaffaire et fis le chemin du retour sans desserrer les dents. Comme nous traversions le hameau des Imberts, un accident de la circulation m'obligea à arrêter ma voiture le long d'un trottoir. J'attendais à mon volant que la route se dégage quand un de Gordes s'approcha :

— Salut, Dieudonné... Ah, tiens ! Bonjour, madame...

C'était Barnabé, la pie barjaqueuse du village.

Quand je revins aux Esclapières, je priai froidement madame Bonnaffaire de ne jamais revenir me voir.

Un instant, elle se refit sirène implorante :

— Mais nous repartons bientôt pour Lyon !

— Bon voyage !

Devant mon insolence, elle abandonna la lutte et claqua la portière.

Dès le lendemain, comme il fallait s'y attendre, j'étais au centre des bavardages et madame Bonnaffaire était devenue *la Bonne Affaire* :

— Un poil du cul mène bien plus sûrement qu'une paire de bœufs !

Les plaisanteries allaient bon train à la Renaissance comme au Cercle républicain. Chacun se réjouissait que le mari fût enfin *cobiù* comme il le méritait et tous me témoignaient beaucoup de reconnaissance.

Ce fut ce jour-là que j'entrepris la construction de ma tour, mon refuge, mon ermitage.

Je ne me souvenais pas avoir travaillé avec une telle fureur. C'était elle qui soulevait si puissamment les pierres, les taillait et les emportait jusqu'à leur place. Une fureur inlassable, monstrueuse qui, me semblait-il, ne s'arrêterait pas.

Bien qu'on fût presque à l'automne, une chaleur épouvantable tombait du ciel. Le soir, fourbu, je m'endormais à la belle étoile.

Cette furie bâtisseuse dura tout un mois François, silencieux, me jetait des regards sournois et interrogateurs auxquels je ne répondais pas.

A la fin de cette période durant laquelle je travaillais jusqu'à la nuit noire, ma tour prit forme, massive, superbe, avec un mur épais de plus d'un mètre et percé d'une porte imposante et de deux fenestrons dont les encadrements et les linteaux arqués étaient faits en pierre serpentine, la plus belle de la région.

A mi-chemin de la façade, je me promis d'apposer un cadran solaire. Vieille rêverie qui datait d'avant, d'un autre cadran aperçu il y avait longtemps, lors de mes errances de potache dans les faubourgs de Draguignan.

37

Octobre commençait à peine quand Pichounette Paulette débarqua à Gordes où sa petite compagnie devait donner une représentation pour la fête patronale de la Saint-Firmin.

Dans l'après-midi, je l'emmenai aux Esclapières et elle partit aussitôt en promenade tout au long de sa propriété et de la mienne puis elle revint à petits pas songeurs. Elle s'approcha de moi, me mit une main sur l'épaule pour m'obliger à la regarder et me dit doucement :

— C'est superbe ce que tu as fait là. C'est aussi parfaitement tenu que notre campagne de Callian lorsque notre père s'en occupait encore !

Elle s'assit et me regarda travailler dans une attitude pensive qui ne lui ressemblait pas le moins du monde. Enfin elle ajouta :

— A te regarder faire, c'est fou comme tu lui ressembles ! Sûr que c'est à toi qu'il aurait dû donner notre terre.

Puis elle enveloppa François de sa bonne humeur et, bien vite, sa faconde reprit toute la place. Elle nous saoula de ses plaisanteries et de ses bavardages. François l'écoutait avec émerveillement et lui répondait du tac au tac. Il ne travaillait plus guère et moi, bien que pressé de voir se dresser les murs de mon pigeonnier, je lambinais pareillement. La reconnaissance de ma sœur m'avait rempli d'un trouble étrange. Elle coulait à flots dans les vaisseaux de mon corps pour s'en aller abreuver mon cœur puis s'en revenait paisiblement vers toutes les parcelles de mon être, même les plus lointaines comme le bout de mes doigts.

Je me sentais arrivé au bout d'une route qui n'en finissait pas.

Le lendemain, François, qui suivait Paulette partout, installa quelques rangées de chaises sur la place et tout autour de la fontaine puis il bricola une estrade de fortune contre le mur de la Renaissance. Les premiers spectateurs envahirent très vite l'endroit et les derniers arrivants, traînant leurs sièges derrière eux, durent les installer où il restait de la place, sur la route, sur l'autre trottoir. On ouvrit toute grande la porte du Cercle républicain. Les voisins se mirent aux balcons, aux fenêtres. Le village entier voulait entendre ma sœur et j'en étais très fier. Quand tout fut prêt, je restai debout appuyé contre le mur d'en face.

Et la représentation commença.

La mésaventure de *Moussu Baratin lou députa* qui commençait leur spectacle reçut l'ovation qu'elle méritait. François battait des mains tout en contemplant ma sœur comme on contemple une œuvre d'art. Elle l'aperçut et lui sourit.

« Tiens, tiens », pensai-je.

Les comédiens enchaînèrent par une autre saynète qui s'appelait : *Le Miroir.*

Un bon homme que l'on appelait Passeron se trouvait dans la montagne quand se déclenche une tourmente de neige. Perdu, il cherche son chemin et finit par découvrir la lumière d'une maison. Il frappe à la porte, un bon vieux vient lui ouvrir.

— Entrez, monsieur, ici c'est la maison du Bon Dieu.

Le bon vieux, qui s'appelle Pagan, lui offre un petit goûter et le mène jusqu'à sa mansarde pour dormir.

Le lendemain, après un bon café, Passeron dit à son hôte :

— Grand merci, mais combien vous dois-je ?

— Rien du tout, répond le paysan, ici c'est la maison du Bon Dieu…

Rentré chez lui, Passeron, qui n'est pas un ingrat, se demande ce qu'il pourrait envoyer à ces braves gens pour les remercier. Il se rappelle alors qu'au-dessus de l'évier, manquait le petit miroir habituel.

Il en achète un, très joli, biseauté, et l'expédie là-haut dans la montagne.

Quand monsieur Pagan reçoit le colis, il l'ouvre, se regarde dans le miroir et s'écrie :

— Par exemple ! Ô le brave homme ! Ô le saint homme, il m'a envoyé la photographie de mon pauvre père !

Il replie le miroir dans son papier, le met dans l'armoire et s'en revient souvent en secret pour se régaler de la photo de son pauvre papa.

Mais un jour, sa femme s'avise de son manège. Elle s'approche de l'armoire, ouvre le mystérieux paquet, se regarde dans le miroir et s'exclame, très en colère :

— Ah ! le bougre ! Je savais bien qu'il avait une bonne amie... Mais celle-ci est tant vieille et tant laide que, vé, je lui en veux même pas[11] *!*

Le village entier était en délire. Chacun répétait la chute de l'histoire. Les applaudissements n'en finissaient pas. Les mines ravies se tournaient les unes vers les autres. Un brouhaha épouvantable emplissait la rue. Là-bas, le car qui ne pouvait pas passer s'était arrêté entre les murailles resserrées des maisons et son chauffeur avait pris place devant l'estrade.

Alors, sur la scène vide, s'avança le cuisinier de la Renaissance qui serrait contre sa poitrine son accordéon. La foule amusée hurlait de plaisir et frappait dans ses mains quand apparut à sa suite un homme gigantesque qui salua brièvement et se mit à chanter d'une voix extraordinaire, puissante comme le vent et douce comme une caresse :

Ô Magali, ma tant aimée

Je ne pus supporter d'entendre la chanson que je chantais autrefois. Je m'enfuis vers l'église mais la voix puissante ne me lâcha pas.

Quand je revins, l'homme chantait, l'œil malin :

Je ne suis pas d'ici, je ne suis pas de là,
Je n'ai pas de biens, rien que des amis…
Là où personne ne marche au pas, c'est mon pays…
Là où chacun marche à son pas, c'est mon pays[12] *!*

Le grand Adrien acheva sa chanson et, sans attendre la fin des applaudissements, il entonna *La Coupo*, l'hymne provençal :

Coupo Santo.
E versanto…

Le village entier se leva pour chanter avec lui :

Verse-nous la poésie
Pour chanter tout ce qui vit
Car c'est elle, l'ambroisie,
Qui transforme l'homme en dieu[13].

Lorsque l'émotion retomba, Paulette revint sur la scène et retint l'attention en criant :

— Savez-vous qu'un grand écrivain espagnol, Miguel de Unamuno, a décrit la France comme un beau pays séparé en deux par une frontière bien visible qui va de Bordeaux à Valence. Au sud de cette ligne, dit-il, les hommes sont petits, bruns, courageux et ils se nourrissent d'huile d'olive. On les appelle ?

— Les Provençaux ! hurla en chœur la foule.

— Ceux du Nord, dit-il encore, sont grands, blonds et se nourrissent de beurre. Savez-vous comment on les appelle ?

Les assistants restèrent bouche bée, ignorants, anxieux de savoir...

— *Les Esquimaux* !

Quand, plus tard, chacun se dirigea vers le bal, ravi et réconcilié, de l'autre côté de la place, François avait pris Paulette dans ses bras. Ils se connaissaient à peine et déjà, pour eux, tout était simple. Pourquoi étais-je le seul à qui ce paisible bonheur n'arrivait pas ?

Dans la rue encombrée, un bruit allait de bouche en bouche...

— Qui est celui qui chantait si bien ? demandait une femme.

— C’est Adrien, le troubadour, répondit André Icard.

— Celui qui a emmené Mistouline au loin ?

— A ce qu’on dit.

— Où est-il à présent ?

— Il est reparti comme il est venu, à grands pas.

38

Les jours de Coline se passent à jouer avec Mireille et à courir les bois, jambes mordues par les épines. A l'aide des longues tiges fleuries de la rivouarte, Mireille déguise sa mère en princesse des bois. Coline se laisse faire en souriant, depuis combien de temps n'est-elle plus la bonne reine Jeanne ?

Le matin, elles entendent battre les ailes des oies qui voyagent, s'abattre les compagnies de grives et glisser de grands oiseaux noirs.

Mireille souffle sur la boule du pissenlit et s'émerveille des ailettes d'or qui s'envolent au loin comme pétillent les étincelles. Elle fait aussi des bouquets de feuilles sèches pour les offrir à sa mère. Elle collectionne les mues transparentes des cigales et pourchasse les sauterelles.

Coline coud et brode sans arrêt, comme si, ailleurs, la vie n'existait pas.

Le soir, Adrien chante pour elles mais en chassant toute la puissance de sa voix, en ne gardant que la caresse... Il ne faudrait pas que ceux qui s'attardent à la retirée entendent sa chanson :

Ô ma drôline, de te voir ainsi,
me vient en mémoire
la jolie histoire,
que ma grand-mère contait
pour me faire dormir...
Du peu que je sais, aurai-je l'adresse
de faire une haie de tendresse,
contre les rudesses
de la vie[14]...

Est-ce pour Mireille qu'il chante ou pour Coline ?

Adrien voudrait être heureux, il fait tout son possible pour y parvenir, il serre les poings, il gonfle sa poitrine jusqu'à s'éclater le cœur, jusqu'à n'en plus pouvoir respirer...

Il fait les gestes, il dit les mots... mais le bonheur n'arrive pas.

Alors, il prend Coline par la taille et la soulève

très haut – elle est si légère – comme s'il l'offrait au ciel, avant de la serrer dans ses bras.

Puis il s'en va. Il va hurler au loin sa peine et revient se nicher contre elle, comme un chien.

Coline, elle, ne comprend pas qu'il saute ainsi de l'amour à la haine. Elle n'a rien compris, elle ne peut pas comprendre, ni sa tristesse ni ses fuites. Elle voudrait, pour le rendre heureux et pour le consoler de sa peine, être à lui tout entière. Souvent son corps brûle en vain contre le sien.

Adrien, lui, ne peut rien expliquer, tant il a honte pour lui, tant il est délicat pour elle.

Il aimerait reprendre sa route mais il ne l'ose pas. Quelque chose lui dit pourtant que tout cela ne durera pas. Qu'il devra rendre Coline tôt ou tard. Alors il parcourt les vallons à grands pas.

— Pourquoi marches-tu tant ? lui demande-t-elle.

— Quand je marche, j'imagine ce que je vais trouver au bout de mon chemin.

— Pourquoi toujours partir ?

— Parce que si je reste trop longtemps, je meurs.

Pour faire plaisir à Mireille, Adrien ne tire plus de coups de fusil qui font si mal aux oreilles, il laisse courir les lièvres.

Il connaît un poème pour parler de chaque chose. Du grillon :

Sur le seuil de sa cabane
où jamais ne brûle la chandelle,
le petit grillon frise ses antennes,
le ventre au frais et l'échine au soleil[15]...

De la cigale :

Jour de Dieu, quelle chaleur !
Beau temps pour la cigale qui frétille
et se régale d'un rayon de feu[16] *!*

et du mont Ventoux aussi qu'on voit là-bas arrêter les nuages :

Ô Ventoux..., une dernière averse d'or
traverse tes bosquets, l'ombre croît.
En attendant la nuit sur tes roches,
tu contemples, silencieux, la mer et les deux Rhône[17]...

Parfois, Adrien laisse Mireille et Coline seules, une journée entière, pour s'en aller chanter quelque part, là où l'attend une fête. Puis il revient tard, sa biasse pleine de victuailles.

En revenant de Gordes, à la nuit, alors qu'il s'est allongé contre le flanc de Coline, Adrien fait un cauchemar. Il se réveille en hurlant, de peur ou de rage – Coline ne le sait pas –, puis il s'en va s'étendre au loin, dans le froid.

— Reviens, lui demande-t-elle.

— Laisse-moi tranquille, demain, je repars.

Coline garde ses yeux grands ouverts jusqu'au matin.

Au matin, justement, alors que, déjà, pétaradent les fusils des chasseurs, il met Mireille sur son dos et prend Coline par la main.

— Viens.

Il n'a plus son air sévère, celui des mauvais jours, mais il ne regarde rien, pas plus Coline qui tremble et s'étonne que le soleil tout rouge qui se lève.

Il les conduit jusqu'au vallon de Combrès et s'arrête à mi-chemin :

— Attends-moi là, chérie, dit-il d'une voix douce, si douce que Coline en frissonne.

Puis il s'éloigne si vite que son manteau, gonflé de vent, semble une voile arrachée, larguée dans la tempête.

Pour le voir encore, pour le suivre des yeux, Coline et Mireille montent le long du flanc de la montagne jusqu'à un creux dans la pierre. Elles s'assoient. Devant elle, Coline reconnaît la vieille tour du château d'Oppède qui, de sa beauté, illumine le ciel.

— Maman, regarde ! C'est lui ! s'exclame Mireille.

Coline l'a vu avant elle. Elle s'en est réjouie un instant mais elle tremble à présent. Il est tout là-haut et son front dépasse les plus hautes pierres.

— Adrien ! crie Coline.

Il se tourne vers elles.

— Mon Dieu qu'il est grand, murmure Mireille.

Mais Coline ne l'entend pas, elle se lève. Aura-t-elle le temps de courir jusque-là ?

Il n'est pas tombé. Tant qu'il a pu, comme un oiseau, il a volé, son grand manteau lui a donné des ailes. Mais il a crié quand, une à une, elles se sont enroulées à ses bras.

Tous les chasseurs ont entendu le cri de Coline et le cri d'Adrien. Ils ont résonné en écho de coteau en coteau jusqu'à l'autre Lubéron, jusqu'à Cadenet peut-être.

Coline court si vite qu'elle tombe, le visage dans la terre. Mireille se couche contre elle.

— Maman !

Les chasseurs ont cassé leur fusil et l'ont mis à l'épaule. A présent ils marchent à grands pas vers le vallon de Combrès.

Ils ramènent Mistouline et la petite fille chez la

Maguelone d'Oppède tandis qu'au pied du château, on met Adrien dans un grand drap.

L'histoire s'est étalée sur toutes les feuilles des journaux puis elle a couru sur toutes les lèvres :

— Le grand Adrien, celui qui chantait si bien, s'est jeté du plus haut de la tour du château d'Oppède.

— Pourquoi ?

— On ne le sait pas.

— Il était bizarre, dirent quelques-uns.

Plus furtivement, de maison en ferme, jusqu'à la montagne, on murmure :

— Mistouline est revenue, Mistouline est revenue chez la Maguelone d'Oppède...

A la Renaissance comme au Cercle républicain, c'est la grande nouvelle :

— Il s'est tué pour elle !

Dieudonné, qui entend, a un geste brusque pour finir son verre.

Plus tard, Maguelone dit sévèrement à Coline :

— A présent, lève-toi. Je ne peux plus vous nourrir à rien faire. Allez zou, petite ! Va chercher du travail.

Coline s'est levée pour faire plaisir à Maguelone,

son amie, et Mireille a souri en voyant sa mère qui s'habille enfin.

Coline a repris la vieille bicyclette puis elle a traversé la campagne. A l'hospice de Gordes on a bien voulu l'embaucher pour faire le ménage des grandes salles.

Elle, elle qui brodait si joliment toutes sortes de fleurs…

« La vie est ainsi faite, absurde et sans grâce », disait Adrien.

L'automne est là et, sûrement, Dieudonné est reparti vers son école de Saint-Raphaël. Qu'importe Dieudonné, qu'importe qu'il soit là ou non, jamais plus Coline n'ira aux Esclapières.

Pour plus de commodité et pour moins de peine, selon les conseils de Maguelone, elle loue une pièce dans le plus ancien quartier de Gordes, dans une maison de Fontaine Basse. Les cabinets sont dans la cour et l'eau se prend au vieux bassin. Avec les billets de banque de Gédéon, Coline achète deux matelas de laine et une table. Sa voisine, Charah, une Tunisienne, à la peau cuivrée, aux longs cheveux noués, l'entoure d'attentions et de conseils.

Chaque matin, alors qu'il fait nuit noire, Coline enveloppe Mireille dans une couverture et l'emporte chez Marthe, une vieille femme, sa voisine d'en face. Le soir, encore à la nuit noire, elle revient chercher sa petite et toutes deux rentrent chez elles.

Le dimanche, Coline dépose sa fille dans le panier de sa bicyclette et elles s'en vont rendre visite à la Maguelone d'Oppède.

— Un jour, promet Coline à Mireille, nous irons jusqu'en Avignon.

39

J'ai quitté mon petit logement de la Placette et je me suis installé dans celui qui m'était réservé, au-dessus de mon école. Parce qu'il m'était difficile de faire autrement, j'ai accepté de faire le secrétaire de mairie deux soirs par semaine.

Le jour de la rentrée, je suis entré dans ma nouvelle classe avec une satisfaction que je n'avais pas ressentie depuis longtemps. Mes garçons, âgés de six à neuf ans, cheveux courts et tabliers gris, me regardèrent sans surprise, tous connaissaient mon histoire.

Dès le premier jour, je fis ma classe sans jamais plus me surprendre à la rêverie. Je n'étais plus déchiré, écartelé comme les années précédentes. J'étais totalement présent, attentif, curieux même de tous les frémissements. Non pas qu'auparavant j'eusse été un mauvais maître, mais je n'avais bien souvent pour mes élèves que des phrases toutes faites, des gestes d'automate, des remarques à fleur d'attention et l'attention distraite.

A midi, je restais avec les enfants qui habitaient trop loin pour faire par deux fois la route à l'envers. Une femme du village nous préparait une soupe que nous avalions sous la fenêtre de la cantine ou bien près du vieux poêle.

A la fin du mois d'octobre, deux gamins que je n'avais encore jamais vus dans ma classe et dont j'avais signalé les absences continuelles vinrent s'asseoir aux derniers pupitres du cours élémentaire et du cours préparatoire. L'aîné s'appelait Julian, il avait le visage chiffonné des enfants qui dorment peu ou qui dorment trop, comme s'ils s'anéantissaient dans le sommeil. Il semblait m'écouter mais ne répondait jamais à mes questions. Quand ce fut à son tour de lire, il ânonna trois mots puis repoussa son livre avec ennui. Je n'insistai pas et me promis de l'interroger discrètement à l'heure de midi.

A la récréation, il se mit dans un coin et, à l'aide d'un caillou, il traça des lignes sur le sable de la cour tandis que le plus jeune le regardait faire. Un enfant de l'autre cours vint les rejoindre, c'était leur grand frère. Ils restèrent à l'écart tout le temps de la récréation, solitaires mais solidaires, intouchables.

Quand arrivèrent onze heures, le coude sur lequel il appuyait sa tête glissa doucement et Julian s'endormit sur son bras.

Je le réveillai en secouant doucement son épaule.

— As-tu mal dormi ?

Il rougit et regarda fixement ses ongles qui grattaient le bois de son pupitre.

— Que se passe-t-il ?

Il fit un effort pour me comprendre et me répondit tranquillement :

— M'emmerdi...

— Parle français, veux-tu !

Mais il répéta en secouant la tête :

— M'emmerdi...

— Et pourquoi ?

— Per que, moussu, compreni pas ben tout ce que disès (parce que je ne comprends pas bien tout ce que vous dites).

Ma classe, tout entière mise en joie, éclata de rire et j'abandonnai Julian pour reprendre ma leçon.

A midi, Julian resta avec les demi-pensionnaires et je m'approchai de lui. Abandonnant la langue française qu'il ne connaissait pas, je le questionnai en provençal, chose qui était, à nous, instituteurs, formellement interdite.

Les autres gamins s'approchèrent en catimini et tendirent l'oreille.

Julian était le fils d'une famille de huit enfants qui vivait aux confins de la commune, à la Gayette. Le père élevait des moutons, la mère était impotente et les enfants poussaient comme l'herbe sauvage des prairies, au gré du vent, du soleil et de la pluie. Ils n'allaient à l'école que quand on les y obligeait et, bien entendu, ils n'y avaient jamais rien appris.

— Veux-tu que je t'apprenne le français, maintenant, après la soupe ?

— Oh là là, parlez pas de malheur ! Pensez un peu, je n'y arriverai jamais, couillon comme je suis !

Le soir venu, je vis les trois garçons rejoindre leurs sœurs. Les plus petits mirent leur cahier ou leur ardoise dans l'unique cartable que portait l'aîné et, tous ensemble, ils s'en furent en colonne sur le bord de leur longue route. Le plus grand marchait derrière et surveillait sa fratrie comme un berger surveille ses brebis.

Je ne sais pourquoi je m'attachai si fort au devenir de Julian et de son frère, sûrement parce qu'ils ressemblaient à l'enfant que j'avais été au début de ma vie. Le jeudi suivant j'allai voir leurs parents. Le père me regarda comme si j'avais été le diable et peu manqua pour qu'il ne levât son bâton sur moi. Avant qu'il ne me tourne le dos, j'insistai pour avoir ses enfants plus souvent dans ma classe et priai pour qu'on leur laissât le temps de faire leurs devoirs.

La mère, une main sur son cœur à bout de force, haletait au bord de la table.

— Mes gamins, ils sont comme ça ! me dit-elle en agitant devant moi les doigts soudés de sa main, signe de cohésion. Allez, ce sont de bons petits !

Je la regardai, elle tremblait tant de fierté pour sa nichée que j'eus envie de l'embrasser.

A partir de ce jour, à l'heure de midi, je m'asseyais entre les trois frères et je leur racontais en français des petites histoires simples en leur demandant de répéter chacune de mes phrases. Quand il arrivait qu'ils ne me comprissent pas, je donnais une brève explication en provençal. Certains des gamins demi-pensionnaires participaient à cet échange tandis que les autres jouaient aux billes un peu plus loin.

Emporté par l'amitié que je ressentais pour eux, il m'arrivait aussi, pendant la classe, de me laisser aller à plaisanter brièvement en leur susurrant quelques boutades dans la langue provençale. Cela les amusait et les encourageait, en contrepartie, à faire des efforts pour apprendre le français. Peu à peu, les autres enfants prolongèrent ce moment défendu en y participant, tant et si bien qu'il s'allongea et devint rituel. Un seul enfant, venu d'ailleurs, essayait de nous comprendre, curieux mais un peu rageur toutefois.

Un mois plus tard, je reçus la visite de mon inspecteur. Quand celui-ci entra à l'improviste dans ma classe, je reconnus en lui monsieur Pédagoggio, un de mes anciens professeurs d'école normale. C'était un professeur de lettres et un Provençal pure souche qui s'en était revenu finir sa carrière en Apt, sa ville natale.

Nous nous saluâmes avec plaisir puis il s'enferma dans son rôle d'inspection. Avant qu'il s'en aille après m'avoir donné quelques conseils, je lui parlai des difficultés que je rencontrais avec Julian et son petit frère. J'avouai et justifiai mes brèves incursions dans la langue provençale. Il approuva ma méthode et s'en alla apparemment satisfait de mon travail.

40

Mistouline est à Gordes !

Le bruit fit en un instant le tour du village.

— C'est Ferdinand qui l'a vue passer ce matin, de bonne heure. Elle est allée droit vers l'hospice et elle a passé la grille.

Ferdinand, tout heureux, lorgnait constamment vers la rue comme s'il s'attendait à ce qu'elle apparaisse encore.

L'ombre de Mistouline flottait à nouveau dans l'atmosphère enfumée de la Renaissance.

— Adrien s'est tué pour elle !

C'était un chasseur qui nous avait appris la nouvelle. Il tremblait en évoquant les cris entendus et la Mistouline étendue toute froide sur le sentier du vallon de Combrès.

Ce soir-là, parce que j'avais autant besoin de rêve qu'un fumeur a besoin de fumée, je rêvai de cette Mistouline qui ressemblait si fort à ma Coline à moi. Depuis que le sort s'était acharné à la chasser loin de mes jours et hors de mes nuits, à petit feu, je mourais de faim.

Dès la fin du mois de novembre, alors que le froid de l'hiver n'arrivait toujours pas, il fut temps de commencer ma première cueillette d'olives. J'avais si peu de temps libre pour le faire que je m'assurai de l'aide de François et de sa mère. A la fin de chaque semaine j'emportais mes olives jusqu'au moulin d'Oppède les Poulivets pour assister à leur transformation. Au rythme de deux arbres par jour, nous en aurions pour deux mois pendant lesquels il ne serait plus question de manier les pierres.

Un jeudi matin, alors que j'étais perché sur un arbre, Ginette arriva en traînant par la main une fillette.

— C'est la fille de Mistouline, me dit-elle, celle qui travaille à l'hospice. Il me faut la garder à la place de Marthe, qui est malade. N'ayez crainte, ajouta-t-elle, je travaillerai quand même, elle est si sage, cette petiote, peuchère. Elle s'appelle Mireille.

— Bonjour, monsieur, me dit poliment Mireille.

— Bonjour, pichounette, répondis-je en lui jetant un regard curieux.

C'était une mignonne brunette dont l'abondante chevelure frisottée dévorait le visage.

Je me remis à tailler les hautes branches de mon olivier tandis que Mireille s'agenouillait pour ramasser les fruits tombés sur le drap.

A midi, nous nous arrêtâmes quelques instants pour prendre notre repas. Ginette avait apporté une omelette que l'on accompagna de tranches de saucisson et de pain.

— Mange, drôlette, dit Ginette en servant Mireille, tu as bien travaillé, tu as droit à une grosse part.

La petite rougit timidement.

Pour l'amuser, pour la faire sourire, d'une pichenette, je lançai vers elle une olive qui se noya dans ses boucles noires.

Le dimanche qui suivit, Mireille était encore là. Elle fut moins timide et j'entendis plusieurs fois sa voix. Sous sa grosse veste de laine, elle portait une robe bleue dont la ceinture et le col étaient brodés d'une farandole de petites fleurs.

— Tu as une jolie robe, remarquai-je au moment du repas.

— C'est maman qui l'a faite, me répondit-elle fièrement.

Comme l'écho d'une réplique que Coline me fit autrefois.

Durant les vacances de Noël, je pus venir chaque jour aux Esclapières et chaque fois j'y retrouvais la petite Mireille. Ensemble, Ginette et elle préparaient Noël et toutes deux, sous les oliviers, parlaient des santons de la crèche ou des fruits et du nougat des treize desserts.

Un jour que nous étions à l'écart, en bon instituteur, le mortier sent toujours l'ail, je m'accroupis devant la fillette.

— Vas-tu à l'école ? lui demandai-je.

— Pas encore, me répondit-elle.

Je me redressai, sa tête dépassait à peine mes genoux.

— Viens, mon bébé, viens voir tata ! s'écria à cet instant Ginette.

Elle posa l'enfant à califourchon sur sa hanche et virevolta avec elle.

— Quel âge a-t-elle ? lui demandai-je.

— Boù dioù, c'est que je ne sais pas, moi ! Trois ou quatre ans, peut-être ?

Un matin, je fis don à Mireille d'un joujou que je m'étais amusé à tailler dans le bois tendre. C'était une sorte de poupée ventrue et courte de membres. La fillette passa un long moment à tenter de la vêtir de feuilles puis elle la mit dans la poche de sa robe en décrétant :

— Maman l'habillera.

A la pause de midi, Ginette me raconta que la Mistouline travaillait sans cesse, bien au-delà d'un horaire ordinaire.

— Que cette pauvre femme a du mérite sans compter qu'elle se meurt d'estransi...

Je regardai droit devant moi.

— Sans doute pleure-t-elle Adrien, le troubadour, continua Ginette. Son chagrin ne la quitte pas.

Une bouffée de colère me surprit et, pour m'en débarrasser, je me remis au travail.

Au moment de se coucher, Mireille montre le petit bonhomme de bois à sa mère.

— C'est Dieudonné qui me l'a donné, dit-elle.

Coline laisse tomber le petit bonhomme de bois par terre.

— Comment le connais-tu ?

— Je te l'ai déjà dit, je vais ramasser les olives dans sa campagne avec tata Ginette !

— Tu m'as seulement dit que vous alliez cueillir chez un voisin.

— Eh bien, vé, ce voisin c'est Dieudonné, répond la fillette. Il est maître d'école !

— Où donc ?

— A l'école de Murs.

Coline s'étend à son tour, stupéfaite. Il va lui falloir encore s'en aller, fuir au loin, revenir pour le moins à Oppède. Le village n'est pas assez grand pour eux trois.

Elle tente froidement de trouver une solution à ce nouveau problème mais elle n'y parvient pas. Le temps lui manque bien sûr mais il n'y a pas que cela. Coline est une fidèle, pas une nomade. Elle s'accroche à cette contrée, à ce village. Où irait-elle d'ailleurs ? Nulle part on n'a voulu d'elle. Partout où elle est passée, elle a versé des pleurs. Callian, Ramatuelle, Oppède, Gordes maintenant... Reste Avignon. Mais elle s'agrippe, s'enferre. Ses émotions sont tenaces, entêtées, elle ne peut pas laisser Adrien et Dieudonné derrière elle.

— Tu me l'habilleras, dis, maman ?

— Quoi donc ?

— Mais, ma petite poupée de bois !

Coline regarde ses mains crevassées par l'ouvrage.

— Bien sûr... Dors, va.

Quand, plus tard, au petit matin, Coline s'éveille, tout est blanc et silencieux et la neige, en boursouflures, s'accroche aux frondaisons du vieux lavoir. Il fait sombre, il fait gris, le ciel semble à portée de main. C'est dimanche et Coline soupire, ses yeux font le tour de la chambre.

Sa chambre, quatre murs pitoyables, une bougie sur la table, une fenêtre sans rideaux et le froid qui l'étreint. Coline se lève, prend Mireille endormie dans ses bras et se recouche avec elle. La petite qui dort contre son flanc la rassérène. Elles passeront tout le dimanche ainsi s'il le faut. Il le faudra bien.

Coline fait ses comptes. Jamais elle n'a autant compté et recompté, mis en balance ses dépenses et ses projets. Elle économise sur tout avec un acharnement dément parce qu'il lui semble qu'elle n'aura fini sa route que quand elle aura une maison, une maisonnette, un petit coin à elle. Elle poursuit le même vœu lancinant qu'avant elle, sa mère a poursuivi toute sa vie durant. Elle est sûre qu'une maison même minuscule et laide suffira à lui redonner du courage. Elle y ajoutera d'abord un bon feu, dans un poêle comme Charah ou dans une cheminée comme Marthe. Des fleurs en pots et de grands rideaux brodés aux fenêtres.

Maison d'hiver et de printemps,
Maison de fleurs et de tempêtes,
Maison de douleurs et de fêtes
qui protège tout ce qui vit,

toi qui es faite de dures pierres
Sur le chemin de la colline,
Œuvre des hommes, œuvre de Dieu[18] *!*

Coline s'endort.

Quand Mireille s'éveille, elle s'écrie :

— Maman, vois la neige ! On y va, dis ?

— Il fait froid et tes chaussures sont trouées comme les miennes.

— Cela ne fait rien, je t'en prie !

Coline cède. Elles s'en vont par les ruelles de Fontaine Basse sans se risquer sur celles aux pavés glacés qui montent au village. Mireille lance des boules de neige vers Coline qui trouve la force de s'en amuser. Quand, très vite, à travers les trous de leurs semelles, les chaussettes se sont mouillées, elles rentrent et se recouchent l'une contre l'autre pour réchauffer leurs pieds.

— Demain, je t'achèterai des chaussures, dit Coline à Mireille.

Quant à elle, cela peut attendre encore. Elle glissera une semelle de carton dans les siennes et reprisera ses chaussettes.

Hier encore, dans un couloir de l'hospice, elle a surpris deux de ses collègues, deux filles de salle comme elle, qui riaient de bon cœur. Elle s'est approchée pour rire avec elles.

— Pour être cocu, il l'est bien comme il faut, le Bonnaffaire ! disait l'une.

— Paraît que sous ses airs de deux airs, le Dieudonné est un fameux coquin, assurait l'autre.

— Et *la Bonne Affaire*, une belle pute, conclut la première.

— Maman, raconte-moi une histoire, demande Mireille.

Et Coline raconte comme elle s'en souvient l'arrivée des saintes sur la plage de Camargue en terre de Provence :

Le soleil montait de la mer
et se couchait dans la mer…
Sur le haut de ses houles tantôt la mer nous hisse…
sans cesse les vagues insensées, jamais lasses, …
soudain jaillit à travers la tempête un long rayon de soleil…
contre une rive sans roche, la barque touche…
des tamaris au clair feuillage, au moindre vent mobiles…,
dans l'onde, une volée de cygnes qui se purifie
et un troupeau de bœufs qui pâture[19]…

C'est doux et mélodieux, Coline sent un souffle d'air mêlé de soleil passer sur sa peau, il fait chaud et l'étang de Vaccarès s'étend comme une plaine et se confond au ciel serein que seules les traces roses et noires des flamants traversent.

« Il ne faut pas rêver, disait Adrien, à présent il n'y a plus que les moustiques pour sauver la Camargue des touristes… »

Le sourire aux lèvres, Coline s'endort près de Mireille.

41

La neige se mit à tomber à la mi-janvier alors que ma récolte s'achevait à peine. Contraint de délaisser ma terre et de rester chez moi, j'entrepris de confectionner une serrure en bois semblable à celle qui fermait notre grange de Callian. J'en avais retenu le principe et la forme. Son mécanisme ancestral était d'une malice incroyable, astucieux en diable. Ce travail occupa mes mains et mon esprit tandis que la tourmente s'acharnait sur les routes désertes, sur les champs disparus, sur les branches courbées sous leur fardeau de neige.

Un jeudi, lassé de moi-même, je descendis imprudemment en voiture jusqu'à Gordes pour retrouver la chaude ambiance de la Renaissance.

François était au comptoir.

— Mistouline est malade, m'annonça-t-il, elle a la fièvre.

— Qui s'occupe de Mireille ? demandai-je.

— La bonne Marthe, sa gardienne.

— Il faudrait emmener Mistouline à l'hôpital, assura Ferdinand.

— Les femmes d'en bas s'en occupent chacune à leur tour. Elles sont trois, comme les Saintes Maries de la Mer, sa voisine Charah la Tunisienne, la bonne Marthe et la Maguelone d'Oppède.

— Il faut l'emmener à l'hôpital, a dit le docteur, insista Ferdinand.

A ce moment, justement le docteur entra.

— Alors, comment va Mistouline ?

— Elle a une pneumonie, pour le moins, et pas de médicaments, bien sûr. Il faudrait l'hospitaliser mais elle ne le veut pas. Je viens voir si quelqu'un voudrait bien aller jusqu'à la pharmacie d'Apt chercher quelques remèdes.

— Je peux y aller, dis-je.

— Je viens avec toi, dit François.

— Voilà, conclut le médecin en me tendant l'ordonnance.

La neige tombait encore, la route, mal nettoyée, était glissante. Ma camionnette roulait lentement sur la chaussée mal délimitée des bas-côtés enneigés. Nous fîmes l'aller et le retour en deux heures sans pourtant jamais musarder.

Arrivés au pied de Gordes, comme ma voiture

refusait de monter une petite pente, nous partîmes à pied vers Fontaine Basse.

— Sais-tu où elle habite ?

— Juste en face de la bonne Marthe.

C'est quand j'ouvris la porte de la misérable chambre, dans le peu de clarté qu'apportait un jour sans soleil, que j'aperçus Mistouline pour la première fois. A vrai dire, seuls un bonnet de laine et une tempe diaphane dépassaient de la courtepointe. Une femme, Charah la Tunisienne, était près d'elle. J'avançai jusqu'à la fenêtre, dépliai l'ordonnance et lus à haute voix les prescriptions du médecin. Il faisait si froid dans ce petit logis que mon haleine se répandit en vapeur blanche.

— Allez zou, petite, montre-moi ta jolie bouche, il te faut avaler ça, dit la femme, une cuillère de sirop à la main.

François et moi, nous nous étions reculés pour la laisser faire. Je pus seulement voir dépasser, à gauche des hanches de la brave femme, un bras fluet et une main blanche et puis encore, s'échappant du bonnet, une mèche de cheveux si trempés de sueur qu'ils en avaient perdu toute apparence.

— Merci, murmura une voix faible.

Et Mistouline se renfonça sous la courtepointe.

— Il fait très froid ici, articulai-je avec peine.

— J'ai pourtant laissé ma porte ouverte mais,

peuchère, la chaleur de mon poêle ne suffit pas, dit Charah.

Pour avaler les cachets, le manège recommença. Je tentais une manœuvre pour mieux apercevoir Mistouline quand François me tira par le bras.

— Allez viens, me dit-il. Tout va bien à présent. Allons voir la petite.

Et il m'entraîna vers la maison d'en face.

Mireille nous sauta au cou en riant aux éclats. Elle grimpa dans les bras de François et, comme j'avançais, elle se faufila dans les miens. Elle me montra sa poupée de bois.

— Maman l'a habillée, regarde.

La poupée était habillée d'une longue robe faite d'un lambeau de tissu léger, rose à pois blancs et tout entièrement garni de petits volants discrets.

Comme la foudre abat un arbre...

Dieudonné, foudroyé, glisse et tombe sur une chaise que la bonne voisine a poussée sous ses fesses au bon moment. Voilà maintenant qu'il laisse tomber sa tête entre ses deux mains. François n'en revient pas.

— Eh, tu as le vire-vire ? Tu ne te sens pas bien ?

Mais Dieudonné ne répond pas.

— Laissez-moi, murmure-t-il enfin.

Marthe et François passent dans la pièce voisine mais ils laissent la porte entrouverte.

Dieudonné revit ses derniers mois à l'envers.

— Je le savais, répète-t-il.

Il le savait bien sûr, depuis longtemps même.

Il se souvient avoir frémi au seul nom de Mistouline, un surnom si bien choisi que lui-même aurait pu le donner à la Coline du bord de la rivière.

Il se souvient avoir frémi en entendant cet homme parler de ses cheveux blonds comme les blés de juillet, de ses yeux clairs comme l'eau des fontaines quand le ciel s'y reflète.

… et frisée comme un mouton.

Il se souvient s'être répété, durant une nuit tout entière, les simples mots de Mireille :

« C'est maman qui l'a faite ! »

« Brode, brode… Brode mon amour des fleurs sur une robe… » avait-il grincé, le cœur plein de rage en songeant à la fillette, si petite encore, trois ou quatre ans à peine, l'enfant d'un autre assurément.

Mais il y avait surtout cet Adrien, celui qui chantait comme un ange et qui, un jour, avait mis Mireille sur son dos et avait pris Mistouline par la main.

Voilà ce qui l'a empêché de faire un pas.

Il n'en peut plus de jalousie, de vanité meurtrie et de rage.

Coline se meurt à quelques pas de là. Elle est misérable...

Mais pourquoi, tout à l'heure, n'a-t-elle pas voulu reconnaître sa voix ?

Il a passé tout le reste du jour sans bouger de sa chaise. Marthe et François sont venus le voir plusieurs fois.

— Laissez-moi, ce n'est rien, a-t-il bougonné à chaque fois.

Vers huit heures, cependant, Dieudonné s'en est allé. Il a repris sa route à pied dans la neige qui craque sous ses pas. Il titube, trébuche, pense se perdre et se dit : « Bien fait pour toi ! »

42

Le lendemain, au village, tout le monde parlait du froid. Le thermomètre était descendu à quinze degrés au-dessous de zéro et, pire, il ne remontait pas.

— Dieudonné n'est pas là ?

— Dieudonné ? Pauvre, il est bouclé dans son école.

On parlait aussi de Mistouline qui allait très mal. Deux hommes l'avaient transportée jusque chez la bonne Marthe.

— On ne pouvait pas la laisser chez elle ! Fan de lune, l'eau gelait dans son verre, tout entière, comme un glaçon !

— Elle serait morte de froid.

— La camionnette de Dieudo est encore au milieu de la route, toute recouverte de glace !

— Si ça continue, les arbres vont geler, misère, un par un, tous, jusqu'au dernier.

Et les plus vieux racontèrent le désastre du grand gel précédent.

Dieudonné entra vers six heures du soir. Il était descendu de Murs à pied, en glissant plus qu'en marchant. Il demanda son pastis et ses yeux cherchèrent François.

— Il n'est pas venu vu que sa mère est tombée sur cette pute de glace, les arbres crèvent et Mistouline est bien malade ! Rien que des mauvaises nouvelles !

— Je sais, répondit Dieudonné.

Puis il but son pastis d'une seule lampée et s'en alla.

Là-bas, dans sa campagne, ses arbres gèlent sûrement. D'abord les plus exposés, ceux qui sont sur le passage des glacials courants d'air, ensuite les plus frileux, les plus tendres, les plus frêles..., mais tous les autres aussi, prisonniers comme ils le sont dans leur gangue de glace. Cerisiers, abricotiers, amandiers, figuiers... et même, sans doute, les robustes oliviers au bois cependant si serré, à la souche immortelle...

Mistouline est malade…

Coline est partie avec Adrien dans la montagne. On dit même qu'il s'est tué pour elle…

Dieudonné tourne en rond dans son mal-être. Il dégringole, il tombe plus bas que terre. L'accomplissement de ses vœux, la hauteur sur laquelle il s'était hissé s'effrite et se désintègre. Il ne sait plus où il en est, il ne sait plus que faire.

Mistouline, sa Coline du bord de la rivière…

Il revient à sa voiture, s'acharne, tempête, se démène et se débat jusqu'à ce qu'elle roule enfin.

Il se rend dans la pauvre maison où Coline se meurt. Trois femmes sont près d'elle. Maguelone baigne son front, Marthe tient sa main, Charah réchauffe ses pieds entre ses bras.

Trois femmes à la beauté divine
par un sentier de fines étoiles descendaient du ciel.
Et comme au lever du jour un troupeau se disperse,
les hauts piliers de la chapelle, pour leur ouvrir chemin,
s'écartent devant elles[20].

Dieudonné les repousse, il enveloppe Coline avec soin puis il la prend dans ses bras.

— Je l'emmène à l'hôpital.

Il s'en va, suivi des trois femmes.

Coline, tant la fièvre brûle son front, ne le

reconnaît pas. Lui la contemple enfin. Comme elle est pâle et maigre et comme son corps est léger, on dirait celui d'un enfant. Il la regarde et ses yeux pleurent.

Alors qu'il marche vers sa voiture, sous les paupières pâles, soudain, filtre un éclat d'aigue-marine et la lèvre se soulève. C'est si conforme à ses souvenirs qu'il se croit revenu au bord de la rivière.

Alors s'effacent d'un seul coup sa colère, le grand Adrien et le père de Mireille.

Ils ont traversé la belle plaine du Coulon, aujourd'hui noyée de glace et de neige. Coline gémit au moindre cahot, elle délire aussi, ses balbutiements ont l'air de s'adresser au ciel.

Ils ont couché Coline dans un grand lit de l'hôpital puis ils se sont assis tout autour d'elle. Le médecin est accouru, il s'empresse.

— Va-t-elle mourir ?

Toi, la perle de Provence,
toi, le soleil de ma jeunesse,
sera-t-il dit qu'ainsi, des glaces de la mort,
si tôt je te voie suante[21] *?*

Dieudonné pense à la triste fin de *Mirèio*.

— Zou, allez-vous-en, nous nous occupons d'elle.

43

Le froid est parti en laissant derrière lui la misère : pierres fendues, feuilles roussies, la mort sur toute la terre.

Dieudonné s'en est retourné aux Esclapières.

Il parcourt sa terre dévastée, brûlée, anéantie jusqu'au cœur et son cœur à lui, si c'est possible encore, se serre. Autant que la nature il se sent calciné jusqu'à la moelle, entrailles corrompues et chair délétère. Il va et vient sans savoir ce qui, le plus, le désespère.

Sont-ce ces feuilles roussies et ces rameaux stériles à l'heure où devaient apparaître les bourgeons vernissés et s'épanouir les fleurs, celles des amandiers, les premières ?

Est-ce le souvenir du sourire de Coline qui s'est éteint lorsque, hier, il est entré dans la chambre d'hôpital ?

Elle était couchée, rose enfin sur le blanc de l'oreiller, et elle parlait à la Maguelone d'Oppède. Quand il s'est montré dans l'entrebâillement de la porte, elle a tourné son sourire vers lui et aussitôt, celui-ci s'est éteint. Alors – et la terre aux pieds de Dieudonné s'est entrouverte –, elle a eu un geste odieux, comme un élan pour le fuir, si elle avait été alerte, elle s'enfuyait vraiment.

Sa tour, pourtant superbe, se dresse devant lui mais il ne la voit pas.

Il va et vient, il se traîne comme une bête touchée à mort. Son univers s'effondre, tout se désagrège.

Soudain, un homme vient à sa rencontre. C'est monsieur Pédagoggio, son inspecteur, son ami, son professeur d'autrefois. Dieudonné va vers lui et tous deux se saluent puis ils parcourent ensemble la campagne en parlant du désastre apporté par le froid.

Mais le brave homme n'a pas rompu son obligation de réserve, ni traversé la plaine du Coulon rien que pour cela. Il prend Dieudonné par le bras et l'entraîne sur la restanque la plus lointaine :

— Asseyez-vous là, dit-il avec gêne. Vous pensez bien que si je suis venu vous voir jusqu'ici, un dimanche, c'est pour une affaire importante et, autant vous le dire de suite, bien désagréable. Je l'ai fait par amitié et parce que nous allons être bientôt dans de sales draps, vous et moi...

Le bonhomme se tait, il ne sait pas comment entamer le débat :

— Savez-vous qui peut vous en vouloir ? Vous en vouloir vraiment ? Quelqu'un d'influent en tout cas ?

Dieudonné pense aussitôt à monsieur Bonnaffaire, à ce bonhomme si plein de lui-même et qui a tant envie de posséder la terre qui fait suite à la sienne, celle de Dieudonné justement. L'homme à qui il a, plusieurs fois, emprunté la femme.

— Eh bien, figurez-vous que le bonhomme en question n'a de cesse de vous voir disparaître. Il remue ciel et terre pour cela. Le prétexte officiel est que vous parlez le provençal avec vos élèves. Une plainte d'un parent est arrivée en haut lieu et on m'a demandé une enquête. A vrai dire, c'est probablement tout ce qu'ils ont trouvé pour arriver légalement à leurs fins. Vous connaissez cependant ma position en ce qui concerne ce problème ! Coquin de Dieu ! Nous ne sommes plus au Moyen Âge ! La langue officielle n'a aucune raison d'être, de surcroît, une langue unique... !

Il se calme et en revient à son affaire :

— Tout cela, a priori, ne serait pas bien grave et votre cas serait bien défendable si ce monsieur n'était pas un manipulateur opiniâtre, sans scrupules et sans états d'âme. Sans âme tout court devrais-je dire. Visiblement, aucune machination ne lui est inconnue, ni l'échange de bons procédés ni la menace ou la compromission et caetera. Son objectif est d'obtenir votre retour dans le Var… Alors, il va falloir vous défendre et faire front, faire appel au soutien de la population, au syndicat ! Quant à moi, je suis à la veille de ma retraite et je ne risque pas grand-chose ! Mais il me faudra des munitions pour gagner la bataille…

Dieudonné s'est laissé tomber sur le sol. Il lui semble s'y enliser doucement au moment même où il se croyait en terre ferme. Toutes ses vieilles terreurs, toutes ses anciennes souffrances réapparaissent. Il se sent tout aussi misérable et dérisoire que lorsqu'il était enfant.

44

François escalade le dernier muret et contemple son ami étendu sur l'herbe roussie par le gel. Il s'assoit à sa hauteur et allume une cigarette.

— Tu bouffes l'herbe à présent ?

Dieudonné ne répond pas.

— Prends une cigarette, va...

Puis il murmure d'une voix enjouée :

— Mistouline est sortie de l'hôpital, elle est guérie, elle a repris son travail !

Dieudonné se redresse et passe ses mains sur son visage. Il raconte à François le dernier coup du sort qui l'accable. François entre en fureur, tempête et promet que les choses n'en resteront pas là.

— On ne te laissera pas tomber, assure-t-il. Allez zou, reprends courage. Mistouline est sortie de l'hôpital ! répète-t-il en espérant ramener un peu de bonne humeur dans leur bavardage.

— Tant mieux.

Dieudonné sourit vaguement puis il avoue, funèbre :

— Mistouline c'est ma Coline à moi...

— Ça, je l'ai bien compris, alors donc, tu es content ?

Il se penche et murmure à voix basse :

— Mireille est peut-être ta fille alors ? Ma mère dit qu'elle te ressemble.

— Elle n'est pas ma fille, elle est trop jeune, à peine trois ou quatre ans. Elle est d'un autre sûrement.

François se tait, réfléchit et soupire enfin :

— Imagine un peu... cette malheureuse Mistouline qui s'est retrouvée toute seule, toute jeunette et sans un sou... C'est plus facile dans ces cas-là de gagner le gros ventre que de gagner le gros lot ! Et puis, si j'ai bien compris, c'est un peu de ta faute toute cette cagagne ?

Alors Dieudonné se défend avec colère et pour ce faire il est obligé d'accuser son père, de le mettre à l'étal, de le découper en morceaux, de lui extraire les entrailles. Il le lacère, il le lapide, il le tue enfin :

— Heureusement qu'elle est crevée, la carne !

François est sidéré, il calme son ami d'un geste de la main sur l'épaule. Il réfléchit encore et conclut en s'enflammant :

— D'accord mais, Sainte Mère d'Apt ! Mistouline et Mireille, elles, elles n'y sont pour rien ! Alors, rien n'est perdu, fais quelque chose, nom de Dieu, puisque tu as du sentiment pour elles !

Dieudonné s'affaisse plus encore :

— Mistouline ne veut plus me voir.

— Il faut se mettre à sa place, elle doit en avoir lourd sur la pastèque !

— C'est à cause de madame Bonnaffaire, accuse Dieudonné. Tout le monde en parle dans le village !

François se lève d'un coup et cogne de son pied une pierre. Il ricane :

— Tu veux que je te dise, Capoun de bon Dieu ! Vrai, tu me fais rigoler ! Tiens, tu ressembles à mon petit frère ! Quand ce pétard de Dieu de couillon de la lune était petit et qu'il avait fait une cagade, c'était toujours la faute des autres et jamais la sienne ! La faute du frère ou de la sœur bien sûr, du chaud ou du froid, du voisin ou de la voisine, de la pie ou du coucou, et patali, patala… En ce qui concerne *la Bonne Affaire*, je t'avais prévenu, souviens-toi ! Quant à ton père…

Dieudonné ne répond pas, il relit pour lui seul la lettre qu'il a écrite à Coline autrefois. Une lettre d'imbécile, de couard, de pauvre couillon, celle qu'espérait son père. Il se souvient bien l'avoir écrite mais elle lui ressemble si peu qu'il se demande si ce n'est pas celui-ci qui lui a soufflé les mots un par un.

François est en colère, il va et vient en froissant l'herbe morte à grands coups de semelle.

— Il n'y a que cette saloperie de gel qui nous vienne du ciel ! Quant au reste, tu ferais bien de retenir une bonne fois pour toutes la grande leçon des maçons d'autrefois, souviens-t'en : tu poses une pierre de travers et c'est toute la maison qui te tombe sur la tête !

Il s'éloigne à grands pas, s'arrête, et revient de même.

— Au fait, j'ai oublié de te dire que Paulette arrive demain !

Dieudonné ressent un autre coup au cœur. Voilà qu'à présent, c'est d'un autre qu'il reçoit des nouvelles de sa petite sœur !

En sortant de l'hôpital, Coline a voulu quitter Gordes pour s'installer en Avignon mais Marthe s'est mise en travers :

— Vas-y toi, si tu le veux, ingrate, mais je garde ta petite !

Coline a abandonné sa misérable chambre et s'en est allée loger chez Marthe qui l'a prise sous son aile. La bonne vieille a serré ses meubles les uns contre les autres pour leur faire un peu de place, elle en ferait bien plus pour ne pas perdre l'enfant qui illumine sa vieillesse.

Et Coline, attendrie, s'est laissé faire. Elle paye un loyer et une pension mais à présent, elle peut se nicher devant l'âtre et s'attabler, le soir, devant la soupe chaude qu'a préparée Marthe. Ses joues ont retrouvé leur rondeur.

Le dimanche, François vient leur rendre visite. Il joue avec Mireille et surveille Coline en coin. L'air de rien, il parle de son travail :

— Dieudonné et moi, nous construisons une maison qui sera extraordinaire, avec des murs épais comme cela (il écarte largement les bras) et tout en pierre, à peine de ciment et de plâtre. Nous avons presque fini la tour centrale. Sûr que celle-là ne laissera passer ni le vent ni le froid...

Coline, qui coud, lève la tête.

— C'est un gros travailleur, ajoute Marthe.

— Et un artiste, insiste François, sincère.

— Et madame Bonnaffaire ? questionne Coline.

— Ça, c'est une vieille histoire, pas de quoi se mettre la tête à l'envers ! Dieudonné la paye cher d'ailleurs, sa couillonnade. Savez-vous qu'à cause de cette femme on cherche à l'envoyer faire l'école bien loin d'ici ?

Marthe s'exclame tandis que l'aiguille de Coline s'enfonce dans son doigt.

— Suis-je sotte ! s'écrie-t-elle.

— Quel âge as-tu ? demande François à Mireille qui joue par terre.

— Quatre ans, répond l'enfant.

— Elle fera ses cinq ans le 15 du mois prochain, précise Marthe qui pèle des pommes de terre.

François se fige. Il réfléchit et compte sur ses doigts. Il relève la tête : apprendra-t-il la chose à Dieudonné ? Il décide que non :

— En galère, s'il veut savoir, il n'a qu'à se lever la peau, ce grand couillon !

45

Les feuilles d'oliviers tombent une à une et les branches cassent sous mes doigts.

Je ne sais pas pourquoi je suis descendu aux Esclapières, je vais et je viens sans rien faire, je foule l'herbe noire de mes souliers indifférents. Je contourne mon bassin sans le voir, je frôle les murs superbes de ma tour sans m'en enorgueillir comme je le faisais si complaisamment en d'autres temps. Il me semble avoir vécu cent ans et avoir soudain perdu la vue, l'ouïe, le toucher et toute capacité à m'émouvoir.

Je ne m'arrête plus au village depuis que j'y ai croisé Coline traversant la place en compagnie d'une autre femme. Toutes deux riaient à pleine gorge en secouant leurs cheveux, en regardant autour d'elles. Effrontées. Heureuses sûrement. Ferdinand s'est approché de Coline pour rire avec elle.

J'ai reçu mon blâme : *utilise journellement le « dialecte » provençal dans sa classe*… et l'assurance de mon retour dans une école du département du Var. Je ne sais pas encore laquelle. Contrairement à ce que m'a demandé monsieur Pédagoggio, je garde cette nouvelle secrète, je ne vais pas combattre cette injustice, je vais l'accepter et partir comme on le souhaite. Je n'ai jamais eu l'étoffe d'un lutteur opiniâtre, d'un acharné au long cours. Devant l'adversité, j'éprouve très vite l'envie de vomir non pas seulement de dégoût mais aussi de lassitude et d'ennui, de satiété en quelque sorte, la répugnance me gave.

Je rêve d'ermitage de montagne, de rocher perdu dans la mer. D'un autre cocon. D'une cabane en haut d'un arbre, si hautement perchée que ne me parviendra plus aucun signal. Les miens me suffisent, me conspuent, m'assomment. Je m'y reposerais enfin.

Fatigué. Il me semble avoir vécu toutes ces dernières années au-dessus de mes forces, avec une vigueur qui n'était pas la mienne. Je me suis étalé, j'ai pris du plaisir un peu partout, dans ma classe, dans ma campagne, à faire pousser des arbres, à caresser des pierres. Je n'y avais pas droit, j'ai volé un plaisir qui ne m'appartenait pas.

Je suis à bout de souffle, l'échine rompue, le cœur roussi comme les feuilles, j'ai vieilli de cent ans et mal vieilli de surcroît.

Paulette accourt vers moi en compagnie de François. Elle saute à mon cou et m'embrasse plus tendrement qu'à l'ordinaire. Sa sollicitude m'agace parce qu'elle ne fait pas partie de mon programme.

Elle invective le ciel qui a brûlé la terre, elle s'enflamme, vitupère et termine sa diatribe en assurant que rien n'est grave et qu'il faut se remettre au travail.

François, béat, parle en résonance avec elle. Je n'entends pas tout ce qu'ils se disent, je leur souris parce que leur bonheur fait plaisir à voir. C'est ma dernière concession faite à leur monde de plaisir et de verve.

Je ne leur montre pas la lettre de l'Inspection académique parce que aussitôt ils se battraient pour moi, à ma place. Mais, brusquement, Paulette s'exclame :

— Je suis allée à Callian pour rendre visite à Abel, là-bas tout est comme ici : brûlé, foutu !

Pauvre ! Si tu voyais notre belle terre ! Un désastre, une misère !

Et sa colère repart de plus belle. L'infamie la dope, l'adversité l'exalte. Quelle belle nature que celle de Paulette !

Elle s'approche de moi, soupçonneuse .

— Tu en fais un de ces mourres ! Allez zou, secoue-toi !

« T'en fais pas, petite sœur... Je vais me secouer, comme tu le dis si bien... N'aie pas peur. Je vais me trouver un bâton et je vais m'en aller dans un autre univers. Je vais laisser Coline derrière moi, dans les bras de Ferdinand peut-être, puis j'irai dans une autre école parler à d'autres enfants sans jamais plus dire un mot de provençal. Je ne dirai plus rien d'ailleurs, pas même à moi-même... Je n'aurai plus de terre mais qu'importe, elle ne nourrit plus son homme comme on dit... Je n'aurai plus de pierres ni aucune raison de les empiler les unes sur les autres de la terre jusqu'au ciel... Je vais, si j'en ai la force, tout oublier, tout détruire, repartir à zéro comme si je venais à l'instant de naître. Je vais, en somme, devenir un autre, un que je ne suis pas. Tous ici, de gré ou de force, le font bien... alors, pourquoi pas moi ? J'apprendrai à parler pointu pour faire comme tout le monde. Je saluerai bien bas tous les Bonnaffaire de la terre, ils sont bien trop forts, mieux armés et trop bien convaincus de l'importance de leur séjour sur terre. »

— T'en fais pas, dis-je à voix haute. Juste un moment de découragement qui passera ou ne passera pas. Nous verrons bien.

Paulette me regarde d'un œil sévère.

Ce regard me suit jusqu'au soir puis il m'assaille alors que je suis dans mon lit, dans le noir.

L'œil froid de mon père.

Et, parce que celui de Paulette est teinté d'un peu de tendresse, je comprends d'un seul coup son message. N'est-il pas non pas une condamnation mais une sorte de défi, de provocation à la bataille ?

Alors que de tout temps j'avais été incapable de lire dans le regard de mon père, voilà que du premier coup je décode celui-là. Certes non, les sarcasmes paternels n'avaient pas été une bonne méthode puisqu'ils n'avaient réussi qu'à me clouer au sol, mais peut-être sa vindicte, si maladroite, si meurtrière fût-elle, n'avait-elle pas été gratuite. Avait-elle eu comme ambition que je réagisse, que je m'insurge, que je me dépasse, que je le dépasse peut-être ?

Comme lui j'aimais la terre, comme lui j'étais capable d'y faire venir des merveilles…

Le grand couillon !

Sa langue de pute qui ne mentait jamais, elle

était bien trop intelligente, m'avait-elle reconnu si semblable à lui et si différent en même temps ? Pusillanime, lâche, que sais-je encore ?

Le sommeil a fait cesser ma surenchère.

Au petit matin, à peine avais-je repris pied dans le monde en le devinant à travers mes paupières qu'elle était devant moi, ma peur instinctive, la bête infâme. Elle s'était tapie contre mon ventre et m'épiait d'un air sournois et moqueur. Impossible de prétendre à présent que je ne la connaissais pas, que je ne savais pas de quoi elle était faite. Impossible de prétendre l'ignorer encore une fois et consentir à me laisser ronger par sa bouche cruelle, à gémir sous ses dents, à souffrir à cause d'elle. Il me fallait, aujourd'hui ou jamais, déployer ma grande carcasse, la prendre à bras-le-corps et, dans un combat silencieux, dans l'intimité de ce petit matin où depuis si longtemps elle se complaisait à m'apparaître, l'étouffer de mes larges mains et la faire disparaître.

46

J'ai attendu que vienne le prochain jeudi sans plus me poser de questions, sans plus chercher à comprendre mes mystères, sans plus retourner dans mon enfance. Froid comme le marbre, me semblait-il, absent, machinal.

Quand le jeudi est arrivé, je suis sorti de chez moi et je suis descendu à Gordes sans me demander ce que j'allais y faire, sans bafouiller au-dedans.

Ma deux-chevaux, elle non plus, n'a pas renâclé. Elle a démarré sans un hoquet, doucement, bien convaincue qu'il était important d'être obéissante et servile à cet instant.

J'ai descendu tous les lacets qui mènent de Murs à Gordes sans jamais brusquer mon volant.

Je me suis garé devant le château et je me suis adossé à ma portière.

J'ai allumé une cigarette et j'ai rabattu ma casquette sur mon front. Le soleil qui tombait du ciel comme une brave lune m'empêchait de voir clairement.

J'ai attendu. Longtemps. Quelques villageois sont venus me voir, contrits, souriants, sympathiques souvent.

J'ai entendu sonner midi à la grande horloge.

Plus tard, j'ai regardé mes chaussures, comme elles étaient boueuses, histoire de passer le temps, je les ai rendues propres à l'aide d'un vieux chiffon.

Il était une heure de l'après-midi quand elle a traversé la place toute pleine de soleil. Elle n'était pas sur son charreton mais c'était tout pareil : la lumière, la beauté, son chapeau de paille donnait de l'ombre à son front.

Elle était avec une autre et elle riait avec elle.

Mais cette fois, je ne l'ai pas laissée disparaître, ainsi qu'en mers gelées avance le brise-glace, je suis allé vers elle.

Je l'ai arrêtée par le bras. Pour me reconnaître, elle a levé son front et puis aussi ses paupières. En un instant, me croirez-vous, dans le bleu de ses yeux, j'ai refait toutes mes croisières.

— Viens, lui ai-je dit. Viens avec moi.

Elle n'a pas répondu, elle s'est accrochée à mon bras.

Alors, alentour, l'univers tout entier est devenu vaporeux, diaphane. Son amie de l'hospice, une ombre, un souffle qui passe et s'en va. Ferdinand, qui s'approchait, s'est vu aspirer par un vent contraire jusqu'à ne plus être qu'un minuscule point figé sur le trottoir.

Nous sommes descendus par les ruelles glissantes qui mènent à Fontaine Basse comme si nous descendions vers les gorges de Siagne. Lorsque Coline a trébuché sur le pavé inégal, elle s'est accrochée à moi, et moi, je l'ai soutenue comme si le temps, entre nous, n'avait pas laissé d'espace.

Nous sommes allés nous asseoir au bord du vieux lavoir dans lequel frissonnait une eau claire et chantante comme celle de notre rivière. Un fouillis de feuilles nous donnait de l'ombre, un peu de fraîcheur nous enveloppa.

— N'as-tu pas froid ? se soucia Coline, ma tigresse d'autrefois.

Alors j'ai de nouveau bu à ses lèvres l'élixir qui jadis avait fait s'épanouir mes sens et nourri mon âme. Ce breuvage magique coulait à flots, de son cœur par sa bouche jusqu'à moi. Son corps contre le mien a retrouvé sa place et, peu à peu, dans ses bras, je me suis apaisé, j'ai retrouvé mon souffle et mon cœur s'est remis à battre.

Je l'ai quittée à quelques pas de la maison de

Marthe puis je me suis caché à l'angle d'un mur jusqu'à ce qu'elle entrouvre la vieille porte de bois. Avant de s'y glisser, elle s'est retournée, lumineuse, pour me sourire encore.

Il m'a bien semblé, du fouillis de cades où j'étais blotti, la voir disparaître dans le misérable cabanon d'autrefois.

Je n'ai plus voulu que Coline s'en aille dès l'aurore vers son travail, je la voulais tout entière à moi. Le matin, Marthe, devenue notre complice, nous enlevait Mireille afin que, redevenus adolescents, nous puissions repartir tout doucement du bord de la rivière sur notre chemin interrompu, à la recherche du temps perdu de nos batailles à l'aveuglette, du temps perdu de nos errances à tâtons dans le froid.

Alors j'entraînais Coline tout le long d'un Rhône apaisé dans lequel mugissait toujours la belle Tarasque, dans les dédales des divines calanques de Marseille ou bien sur les plateaux du sauvage pays de Lure. Au loin, avant tout, bien loin de ses souvenirs et des miens.

C'est allongé sous un toit de rochers gris, à l'abri d'un orage de fin du monde, que j'ai appris que Mireille était ma fille à moi. La foudre qui, devant nous, fracassait les longues barres s'est détournée à cet instant pour s'abattre sur moi.

Elle m'a laissé pitoyable et repentant. Misérable aussi. Mon père avait raison, j'étais bien le gigantesque couillon dont il parlait autrefois.

Mais, Ciel ! C'est à ce moment précis que Coline s'est faufilée dans mes bras.

— Je suis si heureuse de t'avoir retrouvé, je me sens si bien à l'abri contre toi...

Alors il a bien fallu que, pour elle, je gonfle le poitrail, qu'au-dessus de sa tête j'étende mes ailes et que je prenne une grosse voix :

— Tu as raison, n'aie plus peur, je suis là...

Quand nous eûmes effacé de nos mémoires tous les méandres de nos deux déroutes solitaires, quand nous fûmes parvenus à ne plus dire un seul mot que l'autre ne comprît pas, j'ai entraîné Coline sur ma terre des Esclapières et je l'ai fait asseoir au bord de la vague de pierre.

— Regarde, lui ai-je dit, imposteur. Regarde la tour que j'ai construite pour toi en attendant que tu reviennes. N'est-elle pas aussi belle que dans tes rêves ? N'imagines-tu pas, à cette fenêtre, voir apparaître la bonne reine Jeanne ?

47

Je suis nommé à l'école de garçons de Callian. Je n'en reviens pas. Je ricane d'étonnement, d'incrédulité, de plaisir enfin, et je comprends la dernière fleur que m'offre monsieur Pédagoggio, mon maître. Je revois les murs ocres de mon ancienne école, et soudain son odeur inoubliable, faite de celles de la craie et de la cendre froide, me revient en mémoire, intacte.

Perché au sommet du plus orgueilleux des deux géants de pierre, je fais, seul, silencieux, recueilli, un dernier adieu à ma terre de Gordes, lorsque François et Paulette arrivent en compagnie d'une chienne. Une adorable épagneule couleur crème, avec une queue en panache, avec du noir sur les paupières.

François en est très fier.

— Je l'ai achetée à un de Bonnieux, explique-t-il. Elle s'appelle Traviata parce qu'elle chante l'opéra.

Je m'étonne.

— Attends un peu, je m'en vais te faire voir.

Il fait asseoir la bête à ses pieds, sort de sa poche un ocarina, le porte à sa bouche et souffle dedans, au hasard. De l'instrument sort un son aigu, comme une plainte. Traviata, aussitôt, entre en transe. Elle frétille, son orchestre a donné le *la*. Elle lève son museau fin vers le soleil et se met à chanter comme les loups, sur deux notes modulées qui n'en finissent pas. Son mugissement déchirant emplit toute la campagne.

— Sa voix porte bien, hé ? se réjouit François. Une vraie diva ! Attends un peu que le *Bonàrien* – c'est le nouveau surnom de monsieur Bonnaffaire – revienne ! Encore mieux qu'un coq au petit matin !

Il est fier de lui et de tant rire, il va se faire péter l'embouligue. Paulette le regarde avec admiration. Elle caresse la chienne.

— Brave bête, va !

— Ce n'est tout de même pas parce que ici il n'y a pas de camions poubelles qu'il va nous empêcher d'avoir des coqs, des chiens et des tracteurs ! Il va bien falloir qu'il choisisse entre les bruits de la ville et ceux de la campagne !

Je proteste :

— Ne trouves-tu pas qu'on a eu suffisamment d'emmerdements comme ça !

— En galère ! J'ai tout de même le droit d'avoir une chienne et de me promener le soir sur ma terre en jouant de mon ocarina ! Que le tron de Dieu me cure ! Je lui en promets de belles sérénades, va !

— Allez, va, calme-toi !

— Pas question de me calmer car, vois-tu, cet oiseau-là, si on le laisse faire, tu verras qu'un jour c'est à la chanson des grillons ou bien au crin-crin des cigales qu'il s'en prendra !

— Il comprendra vite d'où viennent les hurlements de chien...

— Penses-tu ! Traviata est très maligne, vois : file ! ordonne-t-il à la petite chienne.

Celle-ci s'éloigne à cinquante mètres et s'immobilise à plat ventre sur un tapis de thym. On ne dirait plus qu'une jolie figurine de plâtre.

— Qui pourrait dire que c'est ma chienne et qu'elle a une si belle voix ?

— Traviata ! appelle Paulette.

Traviata revient en agitant son panache.

J'ai laissé ma tour et ma terre à Paulette et à François. Je sais qu'ils en feront bon usage. Nous – ah ! que ce mot est doux ! –, nous reviendrons souvent les voir.

48

Je finis mon bagage. Je n'oublierai pas Gordes, sa Placette ni son quartier de Fontaine Basse, pas plus la chaude ambiance de la Renaissance, mais je m'en vais retrouver Callian, mon village.

On a beau dire que l'on porte
Sa terre au bout du soulier,
Où tu es né il faut que tu meures
Si tu ne veux pas mourir seulet[22].

Peut-être qu'un jour, une fois revenus dans ses ruelles, Coline et moi irons-nous jusqu'aux Baumettes ?

Que sont devenus ses prés doux, sa forêt proche et les bords de Siagne ?

En vérité, à peine mes bagages déposés dans mon école, à peine Coline installée dans un petit logis de la rue du Vallat, nous y sommes retournés, pressés, haletants. Nous avons contourné La Sourgentine sans nous en approcher vraiment, en l'observant de loin, pas d'assez loin, hélas, pour que mon cœur ne tempête. Quand nous nous sommes retrouvés devant le misérable cabanon, étrangement préservé malgré son abandon, sordide encore mais guère plus que naguère...

... Mireille s'est exclamée et Coline a pleuré discrètement. Quant à moi, j'ai été pris d'une folie meurtrière, j'ai abandonné la main de Coline, j'ai déposé Mireille à terre et je me suis précipité vers lui, la haine au cœur. Alors, sentencieux, solennel, de toute la puissance de mes grands bras, j'ai fait tomber les planches vaines, ces remparts illusoires impuissants contre le vent, le froid et les coups de tonnerre. Les planches et puis les poutres et enfin toutes les tôles du toit. J'étais comme fou de rage mais ivre de plaisir, en vérité, sous mes airs de fureur. J'ai symboliquement fait disparaître une image monstrueuse qui ne me quittait pas.

Soudain, n'est plus resté debout que le superbe mur qu'avait construit mon père.

Je l'ai examiné avec des yeux nouveaux, des yeux d'expert. J'en tremblais. Les pierres bien taillées s'épousaient merveilleusement et pas une seule n'avait ripé dans un sens ou dans l'autre.

J'ai ravalé toutes les pensées confuses qui s'emmêlaient dans ma tête et j'ai dit à Coline :

— Regarde bien, d'ici peu, à cette place, tu auras la plus belle bastide qui soit.

A la fin septembre, six ans, jour pour jour, après le bord de la rivière, nous nous sommes mariés à l'église de Callian, sur le banc où se sont mariés Pépé Vitourin, son père et son grand-père et puis comme ça, jusqu'à la nuit des temps.

Le premier jour d'octobre, pour l'accompagner à l'école, j'ai traversé le village en tenant Mireille par la main.

A l'automne, j'ai coupé les oliviers morts. Les oliviers de Gédéon qui, à présent, sont les miens. Bientôt des rameaux surgiront et, de chaque souche encore vivante, naîtront autant de nouveaux oliviers, plus vigoureux encore, superbes.

Une mutilation, dans l'ordre de la nature celle-là, pour une renaissance nécessaire.

Il n'y a pas que les oliviers qui renaissent.

Plus tard, Coline m'a parlé d'Adrien, celui qui chantait dans les fêtes.

— Je ne veux pas savoir ! me suis-je écrié.

Malgré mes protestations, elle m'a raconté une fable, qu'il n'était qu'un ami, un malheureux homme. Pour me rassurer sans doute, pour se faire pardonner peut-être. Je ne sais pas.

Je ne l'ai pas crue, la vérité m'est égale… Coline est là.

Ô belles saintes souveraines
de la plaine d'amertume,
vous comblez, quand il vous plaît, de poissons nos filets !
Mais la foule pécheresse
qui à votre porte se lamente, ô blanches fleurs de nos landes salées,
si c'est la paix qu'il faut, de paix emplissez-la[23] *!*

Remerciements à :

Messieurs Pierre Viala, André Icard et Jean Massollo, dit Jeannot « le maçon ».

L'Association « Les Alpes de Lumière », Forcalquier, Vaucluse, plus particulièrement pour ces ouvrages : *Pierre sèche en Provence* et *L'invention rurale*, Pierre Martel et Pierre Coste.

L'Assouciacien « PARLAREN », Fréjus, Var, éditeur de Pierre Pascal auteur-compositeur, félibre et « Maître en Gai Sabé ».

L'Association « La Campaneta » Viéure, Canta, Parla ! Grasse, Alpes-Maritimes, pour son ouvrage sur les « Proses d'Almanach » de messieurs Rostaing et Rebuffat.

L'Assouciacien « Varesco per l'Ensignamen dou Provençau » pour l'ensemble de ses cahiers.

Messieurs Dourguin et Charles Mauron pour leur ouvrage : « Lou Provençau à l'Escolo », édité par l'Association pédagogique « Le Provençal à l'école », Saint-Rémy-de-Provence, Bouches-du-Rhône.

Références

1. « Mirèio », cant 2, de Frédéric Mistral.
2. « O Magali » – Miréio, cant 3, Frédéric Mistral.
3. « Mirèio », cant 10, Frédéric Mistral.
4. « Lou roure », Clovis Hugues.
5. « Font-Frédiéro », Paul Arène.
6. « Lou péchié », Almanach provençal.
7. « Per la Santo Estello », Paul Arène.
8. « La Franço au travai », Almanach provençal.
9. Frédéric Mistral.
10. « Calendau », cant 2, Frédéric Mistral.
11. « Lou miroir », Almanach provençal.
12. « Es moun péis », chanson de Pierre Pascal.
13. « Coupo Santo » : hymne provençal. Frédéric Mistral (Lis Isclo d'Or).

14. « Aguessi lou gaubi », chanson de Pierre Pascal.
15. « Lou grihet », J. H. Fabre.
16. « La cigalo et lou segaire », J. H. Fabre.
17. « Lou Ventour », extrait de « Li Fiho d'Avignoun » de Théodore Aubanel.
18. « Cant de l'oustau », André Chamson.
19. « Mirèio », cant 11, de Frédéric Mistral.
20. « Mirèio », cant 10, de Frédéric Mistral.
21. « Mirèio », cant 12, de Frédéric Mistral.
22. « L'américo », chanson de Pierre Pascal.
23. « Mirèio », cant 12, de Frédéric Mistral.

Achevé d'imprimer en mai 2000
sur presse Cameron
par ***Bussière Camedan Imprimeries***
à Saint-Amand-Montrond (Cher)
pour le compte de France Loisirs

Cet ouvrage a été imprimé
sur du papier sans bois et sans acide

N° d'édition : 33420. N° d'impression : 002578/4.
Dépôt légal : mai 2000.
Imprimé en France